Karl Kraus

In zweifelhaften Fällen entscheide man sich für das Richtige

Insel Clip

23

Karl Kraus, geboren 1874 im böhmischen Gitschin, hat fast sein ganzes Leben in Wien verbracht. Dort ist er 1936, kurz vor der Annexion Österreichs, auch gestorben.
Nach ersten kritischen, polemischen und satirischen Versuchen macht Karl Kraus, kaum fünfundzwanzigjährig, 1899 als Herausgeber und Autor einer neuen Zeitschrift zunächst in Österreich, dann auch in Deutschland Furore – der ›Fackel‹, die er seit 1911 alleine schreibt und die es bis 1936 auf mehr als neunhundert Nummern bringt. Bald schon faßt er die Zeitschrift als »periodischen Vorabdruck« aus seinen Büchern auf: den Sammlungen von Essays, Glossen, Aphorismen, Gedichten. Mit Ausnahme der Dramen ist beinahe alles, was Karl Kraus in Druck gegeben hat, in der Zeitschrift erschienen; ja selbst die Weltkriegstragödie ›Die letzten Tage der Menschheit‹ zunächst in »Sonderheften« der ›Fackel‹.
Schon seit 1905 tritt das soziale und politische Engagement des Herausgebers zurück gegenüber einer aufs Ganze gerichteten kulturkritischen Tendenz – die sich niederschlägt auch darin, daß an die Stelle der Polemik mehr und mehr die Satire rückt. Die erste Gestalt aber, in der diese »ästhetische Wendung« sich geltend macht, ist der Aphorismus. Der setzt im Jahre 1906 ein und beherrscht bis 1918 das Bild der ›Fackel‹ – neben Essay und Glosse, später auch dem Gedicht, bevor die Aphoristik abgelöst wird durch die Epigrammatik der ›Inschriften‹.
In Abständen hat Karl Kraus sein aphoristisches Werk auch in Büchern gesammelt: ›Sprüche und Widersprüche‹ (1909), ›Pro domo et mundo‹ (1912) und ›Nachts‹ (1919).

In der Geschichte der deutschen, ja der europäischen Aphoristik nimmt Karl Kraus eine ausgezeichnete Stelle ein. Sein Aphorismenwerk lebt von der Entschiedenheit der satirischen Intention – davon, daß hier der Haß den Blick gelenkt und die Feder geführt hat. Es lebt außerdem von der Dominanz der sprachlichen Pointiertheit – dem wortspielerischen Witz, der einige dieser Sprüche hat sprichwörtlich werden lassen. (Ein Beispiel für beides: »Die Deutschen – das Volk der Richter und Henker.«)
Im übrigen haben diese Aphorismen vollen Teil an der Hellsichtigkeit und Treffsicherheit von Karl Kraus' Kulturkritik – die sich von der Ideologie des technischen Fortschritts so wenig imponieren läßt wie von der Unschuldsmiene einer dem Kapital pflichtigen Presse. Mit gleicher Energie attackiert Karl Kraus die herrschende Sexualmoral und die sich etablierende Psychoanalyse, die Kommerzialisierung des Geistes ebenso wie die Ornamentierung des Geschäfts, im letzten Aphorismenband dann vor allem die Rädelsführer und die Lobredner des Krieges. Mit alledem trifft diese Kritik ins Herz auch unserer Zeit.
Die Schriften von Karl Kraus sind in einer zwanzigbändigen Ausgabe im Suhrkamp Verlag erschienen, seine Aphorismenbücher liegen gesammelt als suhrkamp taschenbuch, einzeln in der Bibliothek Suhrkamp vor.

Karl Kraus
In zweifelhaften Fällen entscheide man sich für das Richtige

Aphorismen
Zusammengestellt von
Christian Wagenknecht
Insel Verlag

Insel-Clip 23
Erste Auflage 1996
Insel Verlag Frankfurt am Main und Leipzig

Vertrieb durch den Suhrkamp Taschenbuch Verlag
Umschlag von Hermann Michels, unter Verwendung
eines Fotos von Dieter Kraus
Autorenfoto: Benda d'Ora (1908),
Sammlung Friedrich Pfäfflin, Marbach
Satz: MZ-Verlagsdruckerei GmbH, Memmingen
Druck: Ebner Ulm
Printed in Germany

1 2 3 4 5 6 – 01 00 99 98 97 96

Inhalt

Man kann eine Frau nicht hoch genug überschätzen.

Die wahre Beziehung der Geschlechter ist es, wenn der Mann bekennt: Ich habe keinen andern Gedanken als dich und darum immer neue!

Das gedankenloseste Weib liebt im Dienste einer Idee, wenn der Mann im Dienste eines Bedürfnisses liebt. Selbst das Weib, das nur fremdem Bedürfnis opfert, steht sittlich höher als der Mann, der nur dem eigenen dient.

Der Mann hat fünf Sinne, das Weib bloß einen.

Mann: funktionelle, Frau: habituelle Geschlechtlichkeit. Der Arzt des Mannes heißt »Spezialist«, nicht Männerarzt.

Männerfreuden – Frauenleiden.

Wenn die Sinne der Frau schweigen, verlangt sie den Mann im Mond.

Ist eine Frau im Zimmer, ehe einer eintritt, der sie sieht? Gibt es das Weib an sich?

Nichts ist unergründlicher als die Oberflächlichkeit des Weibes.

Die Erotik des Mannes ist die Sexualität des Weibes.

Die männliche Überlegenheit im Liebeshandel ist ein armseliger Vorteil, durch den man nichts gewinnt und nur der weiblichen Natur Gewalt antut. Man sollte sich von jeder

Frau in die Geheimnisse des Geschlechtslebens einführen lassen.

Sie behandeln eine Frau wie einen Labetrunk. Daß die Frauen Durst haben, wollen sie nicht gelten lassen.

Auch geistige und sittliche Qualitäten des Weibes vermögen die wertlose Geschlechtlichkeit des Mannes anzuregen. Es kann kompromittierend sein, sich mit einer anständigen Frau auf der Straße zu zeigen; aber es grenzt geradezu an Exhibitionismus, mit einem jungen Mädchen ein Gespräch über Literatur zu führen.

Die Begierde des Mannes ist nichts, was der Betrachtung lohnt. Wenn sie aber ohne Richtung läuft und das Ziel erst sucht, so ist sie wahrlich ein Greuel vor der Natur.

Für den Nachteil des Mannes, nicht immer erhören zu können, wurde er mit der Feinfühligkeit entschädigt, die Unvollkommenheit der Natur in jedem Falle als eine persönliche Schuld zu empfinden.

Daß Titania auch einen Esel herzen kann, wollen die Oberone nie verstehen, weil sie dank einer geringern Geschlechtlichkeit nicht imstande wären, eine Eselin zu herzen. Dafür werden sie in der Liebe selbst zu Eseln.

Umschreibung: »Er füllt mit seiner Stimme mein Ohr ganz aus!« sagte sie vom Sänger.

Ein schönes Kind hört an der Wand eines Schlafzimmers ein scharrendes Geräusch. Sie fürchtet, es seien Mäuse, und ist erst beruhigt, da man ihr sagt, nebenan sei ein Stall und ein Pferd rühre sich. »Ist es ein Hengst?« fragt sie und schläft ein.

Dasselbe Mädchen konnte einmal von einem, der ihr nachgegangen war, sagen: »Er hatte einen Mund, der küßte von selbst.«

Wie wenig Verlaß ist auf eine Frau, die sich auf einer Treue ertappen läßt! Sie ist heute dir, morgen einem andern treu.

Sie sagte sich: Mit ihm schlafen, ja – aber nur keine Intimität!

Ein Liebesverhältnis, das nicht ohne Folgen blieb. Er schenkte der Welt ein Werk.

Eine Frau, die nicht häßlich sein kann, ist nicht schön.

Es gibt Frauen, die nicht schön sind, sondern nur so aussehen.

Kosmetik ist die Lehre vom Kosmos des Weibes.

Es kommt gewiß nicht bloß auf das Äußere einer Frau an. Auch die Dessous sind wichtig.

Lieber ein häßlicher Fuß verziehen, als ein häßlicher Strumpf!

Das Weib kann Sinnlichkeit auch zum Weibe führen. Den Mann Phantasie auch zum Mann. Hetären und Künstler. »Normwidrig« ist der Mann, den Sinnlichkeit, und das Weib, das Phantasie zum eigenen Geschlechte führt. Der Mann, der mit Phantasie auch zum Mann gelangt, steht höher als jener, den nur Sinnlichkeit zum Weibe führt. Das Weib, das Sinnlichkeit auch zum Weibe führt, höher als jenes, das erst mit Phantasie zum Mann gelangt. Der Normwidrige kann Talente haben, nie eine Persönlichkeit sein. Der andere beweist seine Persönlichkeit schon in der »Perversität«. Das Gesetz aber wütet gegen Persönlichkeit und Krankheit, gegen Wert und Defekt. Es straft Sinnlichkeit, die das Vollweib zum Weibe und den Halbmann zum Mann, es straft Phantasie, die den Vollmann zum Mann und das Halbweib zum Weibe führt.

Wer da gebietet, daß Xanthippe begehrenswerter sei als Alcibiades, ist ein Schwein, das immer nur an den Geschlechtsunterschied denkt.

Es gibt kein unglücklicheres Wesen unter der Sonne als einen Fetischisten, der sich nach einem Frauenschuh sehnt und mit einem ganzen Weib vorlieb nehmen muß.

Das eben ist der Unterschied der Geschlechter: die Männer fallen nicht immer auf einen kleinen Mund herein, aber die Weiber immer auf eine große Nase.

Ihre Brauen waren Gedankenstriche – manchmal wölbten sie sich zu Triumphbogen der Wollust.

Das höchste Vertrauensamt: Beichtvater unterlassener Sünden.

Wohltätige Frauen sind oft solche, denen es nicht mehr gegeben ist, wohlzutun.

Das Buch eines Weibes kann gut sein. Aber ist dann auch immer das Weib zu loben?

Eine, die mit Vitriol umgeht, ist auch imstande, zur Tinte zu greifen.

Auch in männermordenden Geisteskämpfen kann man manchmal einer Frau einen Blumenstrauß zuwerfen, ohne daß die Menge es merkt. Aber bei der zweiten Lektüre offenbart sich dem Feingefühl ein Pamphlet als Liebesbrief.

Viele Frauen möchten mit Männern träumen, ohne mit ihnen zu schlafen. Man mache sie auf das Unmögliche dieses Vorhabens nachdrücklich aufmerksam.

Seiner ersten Geliebten trägt man keine Enttäuschung nach. Besonders, wenn man sie in der Turnstunde kennen gelernt hat und es eine Kletterstange war.

Ein Weib ist manchmal ein ganz brauchbares Surrogat für die Selbstbefriedigung. Freilich gehört ein Übermaß von Phantasie dazu.

In der Nacht sind alle Kühe schwarz, auch die blonden.

Aber ein so besonderes Vergnügen ist die Enthaltung vom Weibe auch nicht, das muß ich schon sagen!

Nur ein Mann sollte sich unglückliche Liebe zu Herzen nehmen. Eine Frau sieht dabei so schlecht aus, daß ihr Unglück in der Liebe begreiflich wird.

Man kann eine Frau wohl in flagranti ertappen, aber sie wird noch immer Zeit genug haben, es in Abrede zu stellen.

Die anständigen Frauen empfinden es als die größte Dreistigkeit, wenn man ihnen unter das Bewußtsein greift.

Die einen verführen und lassen sitzen; die andern heiraten und lassen liegen. Diese sind die Gewissenloseren.

Er wollte seine Geliebte zur Freiheit verurteilen. Das lassen sie sich schon gar nicht gefallen.

Nur der liebt eine Frau wahrhaft, der auch eine Beziehung zu ihren Liebhabern gewinnt. Im Anfang bildet das immer die größte Sorge. Aber man gewöhnt sich an alles, und es kommt die Zeit, wo man eifersüchtig wird und es nicht verträgt, daß ein Liebhaber untreu wird.

Müssen wir für die Mängel büßen, die der Schöpfer an den Weibern gelassen hat? Weil sie in jedem Monat an ihre Unvollkommenheit gemahnt werden, müssen w i r verbluten?!

Eine Nachtwandlerin der Liebe, die erst fällt, wenn sie angerufen wird.

Es ist nicht wahr, daß man ohne eine Frau nicht leben kann. Man kann bloß ohne eine Frau nicht gelebt haben.

*

Das Weib hat einen bedeutenden Augenblick, in welchem das Schicksal, auf den unbedeutendsten Augenblick des Mannes angewiesen zu sein, einen Gesichtsausdruck gewinnen kann, der, entrückt und entsetzt, eine wahrhaft tragische Wonne spiegelt.

Und wie sie nun erst alle will, und er keine mehr, dehnt sich die Kluft der Geschlechter, um für so viel Qual und Moral Platz zu machen.

Weibeslust liegt neben der männlichen wie ein Epos neben einem Epigramm.

Die Weiber sind nie bei sich und wollen darum, daß auch die Männer nicht bei sich seien, sondern bei ihnen.

Gott nahm vom Weib die Rippe, baute aus ihr den Mann, blies ihm den lebendigen Odem aus und machte aus ihm einen Erdenkloß.

Die Sprache entscheidet alles, sogar die Frauenfrage. Daß der Name eines Weibes nicht ohne den Artikel bestehen kann, ist ein Argument, das der Gleichberechtigung widerstreitet. Wenn es in einem Bericht heißt, »Müller« sei für das Wahlrecht der Frauen eingetreten, so kann es sich höchstens um einen Feministen handeln, nicht um eine Frau. Denn selbst die emanzipierteste braucht das Geschlechtswort.

In der erotischen Sprache gibts auch Metaphern. Der Analphabet nennt sie Perversitäten. Er verabscheut den Dichter.

Der Voyeur besteht die Kraftprobe des natürlichen Empfindens; er setzt die Lust, das Weib mit dem Mann zu sehen, gegen den Ekel durch, den Mann mit dem Weib zu sehen.

Der Kopf des Weibes ist bloß der Polster, auf dem ein Kopf ausruht.

*

Er mit dem Geist und sie mit der Schönheit mußten auseinander und hinaus. Es mit der Technik schafft da und dort Ersatz.

Die Lust des Mannes wäre nur ein gottloser Zeitvertreib und nie erschaffen worden, wenn sie nicht das Zubehör der weiblichen Lust wäre. Die Umkehrung dieses Verhältnisses zu einer Ordnung, in der sich eine ärmliche Pointe als Hauptsache aufspielt und nachdem sie verpufft ist, das reiche Epos der Natur tyrannisch abbricht, bedeutet den Weltuntergang: auch wenn ihn die Welt bei technischer, intellektueller und sportlicher Entschädigung durch ein paar Generationen nicht spürt und nicht mehr Phantasie genug hat, sich ihn vorzustellen.

Es ist gut, daß es der Gesellschaft, die daran ist, die weibliche Lust trocken zu legen, zuerst mit der männlichen Phantasie gelingt. Sie wäre sonst durch die Vorstellung ihres Endes behindert.

Das Weib nimmt einen für alle, der Mann alle für eine.

Weibersachen kann ich höchstens in meinen Vorlesungen brauchen. Dort unterstützen sie die Wirkung und machen an meinen Nerven gut, was sie in der Literatur an ihnen gesündigt haben. Mit Händen soll man applaudieren und nicht schreiben. Ich mit den meinen möchte lieber ohrfeigen als schreiben, wenn nicht die Gefahr bestünde, daß es als Gewährung empfunden wird und eine zärtliche Stimme bebend flüstert: Noch!

Heute kann es vorkommen, daß man ausrufen hört: »Er hat so etwas Männliches an sich!« Und es ruft ein Herr. Gleich daneben: »Sie hat etwas Weibliches!« Und es ruft eine Dame.

Der Mann bildet sich ein, daß er das Weib ausfülle. Aber er ist nur ein Lückenbüßer.

Perversität ist entweder ein Zustand oder eine Fähigkeit. Die Gesellschaft wird eher dazu gelangen, den Zustand zu schonen als die Fähigkeit zu achten. Auf dem Weg des Fortschritts wird sie so weit kommen, auch hier der Geburt den Vorzug zu geben vor dem Verdienst. Aber wenigstens wird sich die Norm dann nur mehr über das Genie entrüsten, das heute diese Ehre mit dem Monstrum teilen muß.

Ein perverser Kopf kann an der Frau gutmachen, was zehn gesunde Leiber an ihr nicht gesündigt haben.

Liebe und Kunst umarmen nicht was schön ist, sondern was eben dadurch schön wird.

Erotik macht aus einem Trotzdem ein Weil.

Wand vor der Lust: Vorwand der Lust.

Bestimmung führt die Frau dem ersten zu. Zufall dem besten. Wahl dem ersten besten.

Vieles, was bei Tisch geschmacklos ist, ist im Bett eine Würze. Und umgekehrt. Die meisten Verbindungen sind darum so unglücklich, weil diese Trennung von Tisch und Bett nicht vorgenommen wird.

Erröten, Herzklopfen, ein schlechtes Gewissen – das kommt davon, wenn man nicht gesündigt hat.

Der Erotiker wird der Frau jeden gönnen, dem er sie nicht gönnt.

Der Sklave! Sie macht mit ihm rein was er will.

Eine Frau soll nicht einmal meiner Meinung sein, geschweige denn ihrer.

Auf lautes Herzklopfen nicht Herein! zu sagen – dazu ist wahrlich die beste nicht gut genug.

Was ist meine Liebe? Daß ich die schlechten Züge am Weib zum guten Bild vereine. Was ist mein Haß? Daß ich am schlechten Bild des Mannes die schlechten Züge sehe.

Der Mann ist der Anlaß der Lust, das Weib die Ursache des Geistes.

An der schönen Herrin sprangen ihre Hunde empor wie seine Gedanken und legten sich ihr zu Füßen wie seine Wünsche.

Sie sagte, sie lebe so dahin. Dahin möchte ich sie begleiten!

Der Skandal fängt an, wenn die Polizei ihm ein Ende macht.

Die Gründer der Normen haben das Verhältnis der Geschlechter verkehrt: sie haben das Geschlecht des Weibes in die Konvention geschnürt und das männliche entfesselt. So ist die Anmut vertrocknet und der Geist. Es gibt noch Sinnlichkeit in der Welt; aber sie ist nicht mehr die triumphierende Entfaltung einer Wesenheit, sondern die erbärmliche Entartung einer Funktion.

Sittlichkeit ist das, was ohne unzüchtig zu sein mein Schamgefühl gröblich verletzt.

Moralische Verantwortung ist das, was dem Mann fehlt, wenn er es von der Frau verlangt.

Wie stellen sich denn die Tröpfe, nach deren Plan wir leben müssen, eine »Verworfene« vor? Neunzig unter hundert könnten sie ihren Kindern als Erzieherinnen geben. Es ist eine Freudenhausbackenheit, die selbst durch das Leben in einem Nonnenkloster nicht zu verderben wäre.

Tugend und Laster sind verwandt wie Kohle und Diamant.

Erotik ist Überwindung von Hindernissen. Das verlokkendste und populärste Hindernis ist die Moral.

Wie schön, wenn ein Mädchen seine gute Erziehung vergißt!

Wird in Deutschland der dramatische Knoten noch immer aus der Jungfernhaut geschürzt?

Der verfluchte Kerl, rief sie, hat mich in gesegnete Umstände gebracht!

»Gefallene Frauen«? In die Ehe gefallene Huren!

Liebe soll Gedanken zeugen. In der Sprache der Gesellschaftsordnung sagt die Frau: Was werden Sie von mir denken!

Das ist der Triumph der Sittlichkeit: Ein Dieb, der in ein Schlafzimmer gedrungen ist, behauptet, sein Schamgefühl sei verletzt worden, und erpreßt durch Drohung mit der Anzeige wegen Unsittlichkeit die Unterlassung der Anzeige wegen Einbruchs.

Die Sitte verlangt, daß ein Lustmörder den Mord zugebe, aber nicht die Lust.

Die Unzucht mit Tieren ist verboten, das Schlachten von Tieren ist erlaubt. Aber hat man noch nicht bedacht, daß es ein Lustmord sein könnte?

Ein Sittlichkeitsprozeß ist die zielbewußte Entwicklung einer individuellen zur allgemeinen Unsittlichkeit, von deren düsterem Grunde sich die erwiesene Schuld des Angeklagten leuchtend abhebt.

Die Sittenpolizei macht sich der Einmischung durch eine Amtshandlung schuldig.

Quousque tandem, Cato, abutere patientia nostra!

Die Rechtsstellung des Zuhälters in der bürgerlichen Gesellschaft ist noch nicht geklärt. Er ist ihr Auswurf. Denn er achtet, wo geächtet wird; er beschützt, wo verfolgt wird. Er kann für seine Überzeugung auch Opfer bringen. Wenn er jedoch für seine Überzeugung Opfer verlangt, fügt er sich in den Rahmen einer Gesellschaftsordnung, die zwar dem Weib die Prostitution nicht verzeiht, aber die Korruption dem Manne.

Erst Schutz vor Kindern, dann Kinderschutz!

Zum Teufel mit dem Geschwätz über die sexuelle Aufklärung der Jugend! Sie erfolgt noch immer besser durch den Mitschüler, der im Lesebuch das Wort »Horen« anstreicht, als durch den Lehrer, der die Sache als eine staatliche Einrichtung erklärt, die so wichtig sei und so kompliziert wie das Steuerzahlen.

Jedes Gespräch über das Geschlecht ist eine geschlechtliche Handlung. Den Vater, der seinen Sohn aufklärt, dieses Ideal der Aufklärung, umgibt eine Aura von Blutschande.

Nur wer ein Problem nicht durchlebt hat, wird imstande sein, einen Leitartikel daraus zu machen. Aber gegen jene unerschrockene Jugend, die heute auf dem Marktplatz Sexualfreiheit rekommandiert, muß man die Eltern und Lehrer in Schutz nehmen. Ihre Lebensfremdheit ist erlebt.

Der Unmoralprotz ist dem Moralprotzen verwandter als die Unmoral der Moral.

Die Menschheit stempelt seit Jahrhunderten die Ausübung der Weiberrechte zur Schande. Jetzt muß sie sich die Ausübung der Frauenrechte gefallen lassen.

Die Frauen verlangen das aktive und das passive Wahlrecht. Daß sie das Recht haben sollen, jeden Mann zu wählen, und daß man ihnen keinen Vorwurf mehr mache, wenn sie sich von wem immer wählen lassen? Behüte der Himmel: Sie meinen es politisch! Aber auf so verzweifelte Gedanken sind sie von den Männern gebracht worden.

Jetzt wird diesen nichts anderes übrig bleiben, als von der Regierung zu verlangen, daß ihnen endlich die Menstruation bewilligt werde.

Solange die Frauenrechtsbewegung besteht, sollten es sich die Männer wenigstens zur Pflicht machen, die Galanterie einzustellen. Man kann es heute gar nicht mehr riskieren, einer Frau auf der Straßenbahn Platz zu machen, weil man nie wissen kann, ob man sie nicht beleidigt und in ihren Ansprüchen auf den gleichen Anteil an den Unannehmlichkeiten des Daseins verkürzt. Dagegen sollte man sich gewöhnen, gegen die Feministen in jeder Weise ritterlich und zuvorkommend zu sein.

Wenn der Geist der Weiber in Betracht kommen soll, dann werden wir anfangen, uns für die Sinnlichkeit der Männer zu interessieren. Welch eine Aussicht!

»Frauenrechte« sind Männerpflichten.

Schönheit vergeht, weil Tugend besteht.

»Ein Frauenverehrer stimmt den Argumenten Ihrer Frauenverachtung mit Begeisterung zu«, schrieb ich an Otto Weininger, als ich sein Werk gelesen hatte. Daß doch ein Denker, der zur Erkenntnis der Anderswertigkeit des Weibes aufgestiegen ist, der Versuchung nicht besser widersteht, verschiedene Werte mit dem gleichen intellektuellen und ethischen Maß zu messen! Das gibt ein System der Entrüstung. Aber ein Gedanke hebt es auf: Wo Hirn- und Hemmungslosigkeit so hohe Anmut entfalten, Mangel an Verstand und Mangel an Gemüt sich zu ästhetischem Vereine paaren und die Resultante der schlimmsten Eigenschaften die Sinne berückt, darf man vielleicht doch an einen besonderen Plan der Natur glauben, wenn man überhaupt an Pläne der Natur glauben darf.

Das Christentum hat die erotische Mahlzeit um die Vorspeise der Neugier bereichert und durch die Nachspeise der Reue verdorben.

Omne animal triste. Das ist die christliche Moral. Aber auch sie nur post, nicht propter hoc.

Gewissensbisse sind die sadistischen Regungen des Christentums.

Im Kampf zwischen Natur und Sitte ist die Perversität eine Trophäe oder eine Wunde. Je nachdem, ob die Natur sie erbeutet oder die Sitte sie geschlagen hat.

Der Judaskuß, den die christliche Kultur dem menschlichen Geiste gab, war der letzte Geschlechtsakt, den sie gewährte.

Die Tantaluswonnen gehören in die Mythologie des Christentums.

Die Verbreitung der Lustseuche hat der Glaube bewirkt, daß die Lust eine Seuche sei.

Der Schönheit sei es ein Trost, daß sich an den Mauern derselben Welt, die ihr den Quell absperrt, der Geist blutig stößt. Sie müßten sich beide verniedlichen, um erlaubt zu sein.

Es war eine Flucht durch die Jahrtausende, als sie in der kältesten Winternacht von einem Theaterball halbnackt auf die Straße lief, in den tiefsten Prater hinein, Kellner, Kavaliere und Kutscher hinter ihr her … Eine Lungenentzündung und der Tod brachten sie in unser Jahrhundert zurück.

Es ist eine durch alle Ewigkeit gültige Tatsache: Daß Urkraft des Weibes nicht bloß die Schwachen anzieht und vertilgt, sondern die Starken belebt und verjüngt. Daß die besten Gehirne aus solcher Geistesschwäche, die größten Charaktere aus so leichtem Sinn genährt wurden. Daß die mächtigsten Gebieter die erotischen Dienstjahre heil bestanden haben. Und daß Sinnengenuß und Schönheit nach dem wundervollen Plan der Weltordnung Zaubermittel sind, und nach dem teuflischen Plan der Gesellschaftsordnung in den Giftschrank der Menschheit gesperrt wurden.

Als die Prinzessin bei der Drehorgel mit den Kutschern tanzte, war sie so schön, daß der Hof in Ohnmacht fiel.

*

Eine Moral, welche aus der Gelegenheit ein Geheimnis gemacht hat, hat auch aus dem Geheimnis eine Gelegenheit gemacht.

Als die Wohnungsmieter erfahren hatten, daß die Hausbesitzerin eine Kupplerin sei, wollten sie alle kündigen. Sie blieben aber im Hause, als jene ihnen versicherte, daß sie ihr Geschäft verändert habe und nur mehr Wucher treibe.

Der Zuhälter ist das Vollzugsorgan der Unsittlichkeit. Das Vollzugsorgan der Sittlichkeit ist der Erpresser.

Moral ist die Tendenz, das Bad mit dem Kinde auszuschütten.

Wenn die Moral nicht anstieße, würde sie nicht verletzt werden.

Wo wir starren, zwinkert die Moral.

Eine schöne Welt, in der die Männer die Erfüllung ihres Lieblingswunsches den Frauen zum Vorwurf machen!

Die christliche Moral hat es am liebsten, daß die Trauer der Wollust vorangeht und diese ihr dann nicht folgt.

*

Wenn man nur beizeiten den Kindern verboten hätte, sich zu schneuzen, die Erwachsenen würden schon rot werden dabei.

Sexuelle Aufklärung ist jenes hartherzige Verfahren, wodurch es der Jugend aus hygienischen Gründen versagt wird, ihre Neugierde selbst zu befriedigen.

Sexuelle Aufklärung ist insoweit berechtigt, als die Mädchen nicht früh genug erfahren können, wie die Kinder nicht zur Welt kommen.

Die Ehe ist eine Mesalliance.

Die Huren auf der Straße benehmen sich so schlecht, daß man daraus auf das Benehmen der Bürger im Hause schließen kann.

Wer andern keine Grube gräbt, fällt selbst hinein.

Der Übermensch ist ein verfrühtes Ideal, das den Menschen voraussetzt.

Liebe deinen Nächsten wie dich selbst. Denn: Jeder ist sich selbst der Nächste.

Kein Zweifel, der Hund ist treu. Aber sollen wir uns deshalb ein Beispiel an ihm nehmen? Er ist doch dem Menschen treu und nicht dem Hund.

Ich hörte einen angeheiterten deutschen Mann einem Mädchen, das in eine Seitengasse einbog, die humoristisch deklamierten Worte nachrufen: »Da geht sie hin, die Schanddirne!« Es ist nicht anzunehmen, daß je ein Gesetz zustandekommt, welches erlaubt, deutsche Männer niederzuschießen, die mit einem einzigen Wort den vollständigen Beweis ihrer Unnützlichkeit auf Erden erbracht haben.

Fluch dem Gesetz! Die meisten meiner Mitmenschen sind traurige Folgen einer unterlassenen Fruchtabtreibung.

Am Chauvinismus ist nicht so sehr die Abneigung gegen die fremden Nationen als die Liebe zur eigenen unsympathisch.

Religion, Moral und Patriotismus sind Gefühle, die sich erst dann bekunden, wenn sie verletzt werden. Der Sprachgebrauch, welcher sagt, daß einer, der leicht zu beleidigen ist, »gern« beleidigt ist, hat recht. Jene Gefühle lieben nichts so sehr wie ihre Kränkung, und sie leben ordentlich auf in der Beschwerde über den Gottlosen, den Sittenlosen, den Vaterlandslosen. Den Hut vor der Monstranz zu ziehen, ist bei weitem keine so große Genugtuung wie ihn jenen vom Kopf zu schlagen, die andersgläubig oder kurzsichtig sind.

Der Scharfsinn der Polizei ist die Gabe, alle Menschen eines Diebstahls für fähig zu halten, und das Glück, daß sich die Unschuld mancher nicht erweisen läßt.

Ein Polizist nimmt es meistens übel, wenn man ihn in eine Amtshandlung einmengt.

Bei gleicher Geistlosigkeit kommt es auf den Unterschied der Körperfülle an. Ein Dummkopf sollte nicht zu viel Raum einnehmen.

»Ich war gestern in Melk – das war a Wetter«, sagt einer plötzlich auf der Eisenbahn zu mir. »Der Eder soll g'storben sein, der kaiserliche Rat«, sagt einer am Nebentisch plötzlich zu mir. »Großer Mann geworden!« sagt einer in ganz anderem Tonfall plötzlich auf der Elektrischen zu mir und zeigt nach einem, der soeben ausgestiegen und auf dessen Bekanntschaft er offenbar stolz ist. Ich erfahre also, ohne daß ich es verlangt habe, was im Innern meiner Zeitgenossen vor sich geht. Daß ich ihre äußere Häßlichkeit schaue, genügt ihnen nicht. In den fünf Minuten, die wir die Lebensstrecke miteinander gehen, soll ich auch darüber unterrichtet werden, was sie bewegt, beglückt, enttäuscht... Das, und nur das ist der Inhalt unserer Kultur: die Rapidität, mit der uns die Dummheit in ihren Wirbel zieht. Auch wir sind gerade von irgend etwas bewegt, beglückt, enttäuscht: aber hastdunichtgesehn sind wir in Melk, an der Bahre des Eder, bei der Karriere des großen Mannes. Nie würde unsereinem eine ähnliche Wirkung auf den Nebenmenschen gelingen. Ich bleibe stehen, weil die Sonne blutrot untergeht wie noch nie, und einer bittet mich um Feuer. Ich verfolge einen Gedanken, der soeben um die

Straßenecke gebogen ist, und hinter mir ruft's: »Fia–ker!« Solange ein Heurigenwirt und ein Schuster Plakate bleiben, wäre das Leben erträglich. In Gottesnamen, prägen wir uns ihre Gesichter ein. Aber plötzlich stehen sie leibhaftig vor uns, legen die Hand auf unsere Schulter, und wir brechen zusammen wie Don Juan, wenn die Statue lebendig wird.

Viele haben den Wunsch, mich zu erschlagen. Viele den Wunsch, mit mir ein Plauderstündchen zu verbringen. Gegen jene schützt mich das Gesetz.

Eine merkwürdige Art Mensch ist der Beamte eines magistratischen Bezirksamtes. Erledige ich eine Angelegenheit schriftlich, so lädt er mich vor. Gehe ich das andere Mal gleich selbst hin, so fordert er mich auf, eine Eingabe zu machen. Ich muß rein auf die Vermutung kommen, daß er das eine Mal mich kennen lernen und das andere Mal ein Autogramm von mir haben wollte.

Gut und Blut fürs Vaterland! Aber die Nerven?

Sorrent, im August: Ich habe nun seit zwei Wochen kein deutsches Wort gehört und kein italienisches verstanden. So läßt sich's mit den Menschen leben, alles geht wie am Schnürchen und jedes aufreibende Mißverständnis ist ausgeschlossen.

Wo beginnt denn eigentlich die Unappetitlichkeit und wo hört sie auf? Warum gibt es keine Eßklosetts? Öffentlich essen und heimlich verdauen, das paßt so den Herrschaften! Und doch geht nichts über die Schamlosigkeit einer Table d'hôte.

Die ästhetischen Werte des Menschen scheinen bloß die Bestimmung zu haben, uns für eine Lumperei zu kaptivieren. Mich machen sie auf die Gefahr aufmerksam. Und ich würde mich gern von einem Wiener Kutscher überhalten lassen, wenn er's eben nicht mit diesem echten Gemütston täte; und mir von einem italienischen Wirt die Gurgel abschneiden zu lassen, wäre mir ein Vergnügen, wenn's eben nicht mit diesem träumerischen Augenaufschlag geschähe. Die Unbequemlichkeiten des Daseins nehme ich nur ohne ästhetische Entschädigung in Kauf, und wenn ich schon einen Verdruß habe, will ich mich nicht bei den malerischen Attitüden aufhalten.

Die stärkste Kraft reicht nicht an die Energie heran, mit der manch einer seine Schwäche verteidigt.

Am unverständlichsten reden die Leute daher, denen die Sprache zu nichts anderm dient, als sich verständlich zu machen.

Gewiß, der Künstler ist ein anderer. Aber gerade deshalb soll er es in seinem Äußern mit den anderen halten. Er kann nur einsam bleiben, wenn er in der Menge verschwindet. Lenkt er die Betrachtung durch eine Besonderheit auf sich, so macht er sich gemein und führt die Verfolger auf seine Spur. Je mehr den Künstler alles dazu berechtigt, anders zu sein, um so notwendiger ist es, daß er sich der Gewandung des Durchschnitts als einer Mimikry bediene. Auffallendes Aussehen ist die Zielscheibe der Betrunkenheit. Diese, sonst verspottet, dünkt sich neben langhaariger Exzentrizität noch planvoll und erhaben. Über den Mann in der Narrenjacke lacht selbst der Betrunkene, über den der Pöbel lacht. Sich absichtlich verwahrlosen, um sich vom Durchschnitt abzuheben, schmutzige Wäsche als ein Ehrenzeichen für Kunst und Wissenschaft tragen, über die Verkehrtheit der Gesellschaftsordnung eine ungekämmte Mähne schütteln – ein Vagantenideal, das längst von Herrschaften abgelegt ist und heute jedem Spießbürger erreichbar. Die wahre Bohème macht den Philistern nicht mehr das Zugeständnis, sie zu ärgern, und die wahren Zigeuner leben nach einer Uhr, die nicht einmal gestohlen sein muß. Armut ist noch immer keine Schande, aber Schmutz ist keine Ehre mehr. »Mutter Landstraße« verleugnet ihre Söhne; denn auch sie ist heute schon gepflegter.

Das Familienleben ist ein Eingriff in das Privatleben.

Das Wort »Familienbande« hat einen Beigeschmack von Wahrheit.

Auch ein anständiger Mensch kann, vorausgesetzt, daß es nie herauskommt, sich heutzutage einen geachteten Namen schaffen.

Ein ganzer Kerl ist einer, der die Lumpereien nie begehen wird, die man ihm zutraut. Ein halber, dem man die Lumpereien nie zugetraut hat, die er begeht.

Dieser Selbstmord war in einem Anfall von geistiger Klarheit begangen. Die Lebensfrohen überlegen sich's manchmal; und in solch einem könnten so viele Leben gewesen sein, daß er das eine unbedenklich hingab. Selbstmord kann das Aderlassen einer Vollblutnatur bedeuten. Wer sich so ruhig den Mund von den Genüssen des Lebens abwischt, um ihn für immer zu schließen, hebt sich wohl von den Tafelgenossen ab. Überhaupt werde ich den Verdacht nicht los, daß einer schon ein Kerl sein muß, wenn ihn das heutige Leben zu Fall bringt. Was Feuer hat und einen leichten Zug, verbrennt. Nur Männer ohne Mark und Weiber mit Hirn sind der sozialen Ordnung gewachsen.

Was für ein Freund der Geselligkeit war doch der bayrische König, der allein im Theater saß! Ich würde auch selbst spielen.

Die Einsamkeit wäre ein idealer Zustand, wenn man sich die Menschen aussuchen könnte, die man meidet.

Die Welt ist ein Gefängnis, in dem Einzelhaft vorzuziehen ist.

Wenn ich sicher wüßte, daß ich mit gewissen Leuten die Unsterblichkeit zu teilen haben werde, so möchte ich eine separierte Vergessenheit vorziehen.

*

Nicht grüßen genügt nicht. Man grüßt auch Leute nicht, die man nicht kennt.

Es empfiehlt sich, Herren, die das Angebot einer Zigarre mit dem Satz beantworten: »Ich sage nicht nein«, sofort totzuschlagen. Es könnte nämlich sonst der Fall eintreten, daß sie auf die Frage, wie ihnen eine Frau gefalle, die Antwort geben: »Ich bin kein Kostverächter«.

Wenn einer sich wie ein Vieh benommen hat, sagt er: Man ist doch auch nur ein Mensch! Wenn er aber wie ein Vieh behandelt wird, sagt er: Man ist doch auch ein Mensch!

Mit Leuten, die das Wort »effektiv« gebrauchen, verkehre ich in der Tat nicht.

Eher verzeiht dir einer die Gemeinheit, die er an dir begangen, als die Wohltat, die er von dir empfangen hat.

Wann wird diese arg verkannte Stadt das Lob endlich verdienen, das sie erntet? Sie hat sich nie zu einem flotten Müßiggang aufgerafft. Sie müßte mit der Unsitte brechen, daß ihre Leute den ganzen lieben Tag spazieren stehen.

In der Kunst schätzen sie hierzulande den Betrieb und im Gasthaus die Persönlichkeit.

In Berlin gehen so viele Leute, daß man keinen trifft. In Wien trifft man so viele Leute, daß keiner geht.

Wir müssen, ob wir wollen oder nicht, an der Wiege des Ruhmes stehen, der den Namen eines Gratulanten, eines Kondolenten, eines Anwesenden, eines Abwesenden durch die Welt trägt. Unser Hirn wehrt sich nicht mehr gegen diese fürchterliche Nomenklatur, die der lokale Teil der Zeitungen bedeutet, und schließlich nehmen wir die Grundlosigkeit einer Popularität für jene Tiefe, zu deren Grund man nicht mehr findet. Wien ist der Boden der Persönlichkeiten, die ihre Beliebtheit ihrer Popularität verdanken. Mit einem frohgemuten »Wir kennen uns ja eh'« stellen sie sich uns vor, und es braucht lange Zeit, bis es unsereinem gelingt, sie verkennen zu lernen.

Es gibt nur eine Möglichkeit, sich vor der Maschine zu retten. Das ist, sie zu benützen. Nur mit dem Auto kommt man zu sich.

Menschen. Menschen san mer alle – ist keine Entschuldigung, sondern eine Anmaßung.

Als das Pferd auf das Trottoir ging, sagte der Kutscher: »Jung is er halt, er muaß no lernen«. Aber nicht an mir, sagte ich! Als das Pferd auf das Trottoir ging, sagte der Kutscher: »Er is halt scho blind«. Ich möchte nur einmal im Leben an das rechte Pferd geraten!

Manchmal spüre auch ich etwas wie eine Ahnung von Menschenliebe. Die Sonne lacht, die Welt ist wieder jung, und wenn mich heut einer um Feuer bitten tät, ich bin imstand, ich weiß nicht, ich ließet mich nicht lang bitten, und geberts ihm!

Dem Bedürfnis nach Einsamkeit genügt es nicht, daß man an einem Tisch allein sitzt. Es müssen auch leere Sessel herumstehen. Wenn mir der Kellner so einen Sessel wegzieht, auf dem kein Mensch sitzt, verspüre ich eine Leere und es erwacht meine gesellige Natur. Ich kann ohne freie Sessel nicht leben.

In Wien werden die Kinder gepäppelt und die Männer gepeinigt.

»Geh'ns, seins net fad!« sagt der Wiener zu jedem, der sich in seiner Gesellschaft langweilt.

Das Wiener Leben ist schön. Den ganzen Tag spielt eine Flöte auf mir.

Alle Geräusche der Zeitlichkeit seien in meinem Stil gefangen. Das mache ihn den Zeitgenossen zum Verdruß. Aber Spätere mögen ihn wie eine Muschel ans Ohr halten, in der ein Ozean von Schlamm musiziert.

Vorschläge, um mich dieser Stadt wieder zu gewinnen: Änderung des Dialekts und Verbot der Fortpflanzung.

Ich verlange von einer Stadt, in der ich leben soll: Asphalt, Straßenspülung, Haustorschlüssel, Luftheizung, Warmwasserleitung. Gemütlich bin ich selbst.

*

An die Achtzigerjahre mit einem kulturellen Heimweh sich erinnern, ist ein Stigma in den Augen der besser entwickelten Jugend. Und doch könnte man mit Recht die Natur selbst als Zeugin gegen die Entartung ins zwanzigste Jahrhundert anrufen und sagen, daß etwa der Frühling in den Achtzigerjahren noch eine Jahreszeit war und nicht bloß ein Tag, den Sonnenglut erschlug. Denn man kann sich auch an einen Frühling erinnern, wie an alles, was die Menschheit nicht mehr hat.

Die Technik ist ein Dienstbote, der nebenan so geräuschvoll Ordnung macht, daß die Herrschaft nicht Musik machen kann.

Was an einem einzigen Tage der letzten fünfzig Jahre gedruckt wurde, hat mehr Macht gegen die Kultur gehabt als sämtliche Werke Goethes für eine solche.

Kultur ist die Pflege der Vernachlässigung einer Naturanlage.

Es gibt keine Dankbarkeit vor der Technik. Es hat erfunden zu werden.

Adolf Loos und ich, er wörtlich, ich sprachlich, haben nichts weiter getan als gezeigt, daß zwischen einer Urne und einem Nachttopf ein Unterschied ist und daß in diesem Unterschied erst die Kultur Spielraum hat. Die andern aber, die Positiven, teilen sich in solche, die die Urne als Nachttopf, und die den Nachttopf als Urne gebrauchen.

Manche teilen meine Ansichten mit mir. Aber ich nicht mit ihnen.

Der Bibliophile hat annähernd dieselbe Beziehung zur Literatur wie der Briefmarkensammler zur Geographie.

Die Schule ohne Noten muß einer ausgeheckt haben, der von alkoholfreiem Wein betrunken war.

Was ist denn das nur, daß die Zeit sich einbildet, die Entwicklung habe es auf sie abgesehen gehabt und ihr zuliebe müßten nun Leben und Schule auf den Kopf gestellt werden? Die Daseinsbedingungen, die das Entstehen von Leuten wie Goethe, Jean Paul und Herder nicht gehindert haben, werden verworfen, wenn der Sohn eines Kommerzialrats herangebildet werden soll, um dereinst die Firma zu übernehmen, und ein Geschlecht von Kröten spottet der Mühsal, durch die einst die Genies hindurchmußten. Was einen immer wieder verwundert, ist die Atonie dieser Zeit, die sich keinen Augenblick bewußt wird, daß all die gottlosen Erleichterungen, die ihr gegönnt sind, nichts als eine Entschädigung bedeuten. Sie scheint sich bei der Henkermahlzeit besoffen zu haben.

Aristokraten, die Schlepper für Großindustrielle sind, sollten von ihren Kammerdienern geohrfeigt werden dürfen.

Viele haben schon meine Eigenschaften. Dadurch kann man sie von mir unterscheiden.

Die Literaten, die jetzt geboren werden, sind weniger konsistent als ehedem die Gerüchte waren. Ich habe noch Gerüchte gekannt, an denen etwas dran war. Dem, was heute aus Schreibmaschinen zur Menschheit spricht, würde ich nicht über die Gasse trauen.

Daß ich gichtisch bin, will ich denen, die an meiner Gesundheit zweifeln, zugeben. Aber daß ich dann auch das kommende Gewitter spüre, das lasse ich mir nicht in Abrede stellen!

Der Vielwisser ist oft müde von dem vielen, was er wieder nicht zu denken hatte.

Wenn ein Schwätzer einen Tag lang keinen Hörer hat, wird er heiser.

Die Freidenker verhalten sich zum freien Denken wie d'Zillertaler zur Natur.

Von allem andern abgesehen und auf den ersten Blick ist der Klerikalismus dem Freidenkertum schon deshalb vorzuziehen, weil er die Schweinerei der Vollbärte nicht duldet, die von diesem gefördert wird. Wozu denn sollte ein Vollbart gut sein als daß ich mir an ihm die Feder abwische? Auch der Kleriker, der das Gebot der Keuschheit übertritt und darum von den Freisinnigen getadelt wird, widersteht wenigstens der Versuchung, Männlichkeit jenem obszönen Vorsprung zu verdanken, den die Freisinnigen im Gesicht tragen. Er besteht aber auch die Probe, ob ein bartloses Gesicht männlich wirke. Darauf eben kommt es an. Die meisten Berufsträger würden, wenn man ihnen die Manneszier herunternähme, den Eindruck erwecken, daß die Frauenbewegung soeben zum Siege gelangt sei. Wenn ein Juristenkongreß, der zugleich mit einem Priesterkongreß tagt, sich anstandshalber rasieren ließe, dann würde man wohl merken, wo die besseren Gesichter sind, und an keinen Leitartikel fürder glauben. Ehe die Entscheidung fällt, ob die Gesellschaft lebensfähig sei, wird eine Obduktion der Gesichter vorgenommen werden müssen. Sie schere sich. Zuerst zum Barbier und dann zum Henker!

Die Männer dieser Zeit lassen sich in zwei deutlich unterscheidbare Gruppen einteilen: die Kragenschoner und die Hosenträger.

Ich sah einen, der sah aus wie der Standard of life. Einen andern, der sah wie der sinkende Wohlstand aus. Der Redakteur verließ das Hotelzimmer des Herrn Venizelos und sah aus wie der Status quo. Vorbei ging die Welt, die hatte das Gesicht der besitzenden Klassen und das Gesäß der breiten Schichten.

Der Historiker ist nicht immer ein rückwärts gekehrter Prophet, aber der Journalist ist immer einer, der nachher alles vorher gewußt hat.

Seitdem sich die Menschheit einen Propeller vorbindet, geht es zurück. Die Luftschraube bewirkt, daß es auch abwärts geht.

In einen hohlen Kopf geht viel Wissen.

Das Gesindel besichtigt »Sehenswürdigkeiten«. Noch immer wird also bloß gefragt, ob das Grab Napoleons würdig sei, von Herrn Schulze gesehen zu werden, und noch immer nicht, ob Herr Schulze des Sehens würdig sei.

Der Philister lebt in einer Gegenwart, die mit Sehenswürdigkeiten ausgestattet ist, der Künstler strebt in eine Vergangenheit, eingerichtet mit allem Komfort der Neuzeit.

Die maschinelle Entwicklung kommt nur der Persönlichkeit zunutze, die über die Hindernisse des äußeren Lebens schneller zu sich selbst gelangt. Aber ihrer Hypertrophie sind die Gehirne des Durchschnitts nicht gewachsen. Von der Verwüstung, die die Druckpresse anrichtet, kann man sich heute noch gar keine Vorstellung machen. Das Luftschiff wird erfunden und die Phantasie kriecht wie eine Postkutsche. Automobil, Telephon und die Riesenauflagen des Stumpfsinns – wer kann sagen, wie die Gehirne der zweitnächsten Generation beschaffen sein werden? Die Abziehung von der Naturquelle, die die Maschine bewirkt, die Verdrängung des Lebens durch das Lesen und die Absorbierung aller Kunstmöglichkeit durch den Tatsachengeist werden verblüffend rasch ihr Werk vollendet haben. Nur in diesem Sinne möchte das Heranbrechen einer Eiszeit zu verstehen sein. Man lasse inzwischen alle soziale Politik gewähren, an ihren kleinen Aufgaben sich betätigen; lasse sie mit Volksbildung und sonstigen Surrogaten und Opiaten wirtschaften. Zeitvertreib bis zur Auflösung. Die Dinge haben eine Entwicklung genommen, für die in historisch feststellbaren Epochen kein Beispiel ist. Wer das nicht in jedem Nerv spürt, mag getrost die gemütliche Einteilung in Altertum, Mittelalter und Neuzeit fortsetzen. Mit einem Mal wird man gewahren, daß es nicht weiter geht. Denn die neueste Zeit hat mit der Herstellung neuer Maschinen zum Betrieb einer alten Ethik begonnen. In den letzten dreißig Jahren ist mehr geschehen, als vorher in dreihundert. Und eines Tages wird sich die Menschheit für die großen Werke, die sie zu ihrer Erleichterung geschaffen hat, aufgeopfert haben.

Sozialpolitik ist der verzweifelte Entschluß, an einem Krebskranken eine Hühneraugenoperation vorzunehmen.

Was die Lues übriggelassen hat, wird von der Presse verwüstet werden. Bei den Gehirnerweichungen der Zukunft wird sich die Ursache nicht mehr mit Sicherheit feststellen lassen.

Humanität, Bildung und Freiheit sind kostbare Güter, die mit Blut, Verstand und Menschenwürde nicht teuer genug erkauft sind.

Die bloße Mahnung an die Richter, nach bestem Wissen und Gewissen zu urteilen, genügt nicht. Es müßten auch Vorschriften erlassen werden, wie klein das Wissen und wie groß das Gewissen sein darf.

Ich halte die Politik für eine mindestens ebenso vortreffliche Manier, mit dem Ernst des Lebens fertig zu werden, wie das Tarockspiel, und da es Menschen gibt, die vom Tarockspiel leben, so ist der Berufspolitiker eine durchaus verständliche Erscheinung. Um so mehr, als er immer nur auf Kosten jener gewinnt, die nicht mitspielen. Aber es ist in Ordnung, daß der politische Kiebitz zahlen muß, wenn das geduldige Zuschauen seinen Daseinsinhalt bildet. Gäbe es keine Politik, so hätte der Bürger bloß sein Innenleben, also nichts, was ihn ausfüllen könnte.

Zur Orientierung in Fragen der Politik genügen Operettenerinnerungen. Was sich etwa zu ungunsten der absolutistischen Regierungsform sagen läßt, hat einem die Figur eines Königs Bobèche, eines Erbprinzen Kasimir oder eines Generals Kantschukoff beigebracht. Wenn die Forderung der Phraseure, daß die Kunst sich mit den öffentlichen Angelegenheiten befasse, überhaupt einen Sinn haben soll, so kann sie sich nur auf die Operettenproduktion beziehen. Diese trifft mit Recht der Vorwurf, daß sie die einzigen menschlichen Angelegenheiten, die nicht ernst zu nehmen sind, nämlich die öffentlichen, seit Jahrzehnten vernachlässigt hat. Denn die Kunstform der Operette ist jene, die dem Wesen aller politischen Entwicklungen angepaßt ist, weil sie der Dummheit die erlösende Unwahrscheinlichkeit gibt. Daß sich sonst die künstlerische Gestaltung auf die neugebackenen Ereignisse werfe, ist ein törichtes Verlangen; und selbst die Satire verschmäht sie, denn diese kann zwar die Lächerlichkeit der Politik erfassen, aber die Lächerlichkeiten innerhalb der Politik vollziehen sich unter dem Niveau einer im höheren Sinne witzigen Betrachtung.

Das Geheimnis des Agitators ist, sich so dumm zu machen, wie seine Zuhörer sind, damit sie glauben, sie seien so gescheit wie er.

Der Journalismus dient nur scheinbar dem Tage. In Wahrheit zerstört er die geistige Empfänglichkeit der Nachwelt.

Vervielfältigung ist insofern ein Fortschritt, als sie die Verbreitung des Einfältigen ermöglicht.

Den Leuten ein X für ein U vormachen – wo ist die Zeitung, die diesen Druckfehler zugibt?

Daß Bäcker und Lehrer streiken, hat einen Sinn. Aber die Aufnahme der leiblichen oder geistigen Nahrung verweigern, ist grotesk. Wenn es nicht etwa deshalb geschieht, weil man sie für verfälscht hält. Die lächerlichste Sache von der Welt ist ein Bildungshungerstreik. Ich stimme schon für die Sperrung der Universitäten; aber sie darf nicht durch einen Streik herbeigeführt werden. Sie soll freiwillig gewährt, nicht ertrotzt sein.

Es ist mir rätselhaft, wie ein Theolog gepriesen werden kann, weil er sich dazu durchgerungen habe, an die Dogmen nicht zu glauben. Wahre Anerkennung wie eine Heldentat schien mir immer die Leistung jener zu verdienen, die sich dazu durchgerungen haben, an die Dogmen zu glauben.

In Lourdes kann man geheilt werden. Welcher Zauber sollte aber von einem Nervenspezialisten ausgehen?

Die alte Wissenschaft versagte dem Geschlechtstrieb bei Erwachsenen ihre Anerkennung. Die neue räumt ein, daß der Säugling beim Stuhlgang schon Wollust spüre. Die alte Auffassung war besser. Denn ihr widersprachen wenigstens bestimmte Aussagen der Beteiligten.

Wie unperspektivisch die Medizin die Symptome einer Krankheit beschreibt! Sie passen immer auch zu den eingebildeten Leiden.

Der Momo ist ein unentbehrlicher pädagogischer Behelf im deutschen Familienleben. Erwachsene schreckt man damit, daß man ihnen droht, der Psychiater werde sie holen.

Daß Bildung der Inbegriff dessen sei, was man vergessen hat, ist eine gute Erkenntnis. Darüber hinaus ist Bildung eine Krankheit und eine Last für die Umgebung des Gebildeten. Eine Gymnasialreform, die auf die Abschaffung der toten Sprachen mit der Begründung hinarbeitet, man brauche sie eben nicht fürs Leben, ist lächerlich. Erst wenn man sie fürs Leben brauchte, müßte man sie abschaffen. Sie helfen freilich nicht dazu, daß man sich einst in Rom oder Athen durch die Sehenswürdigkeiten durchfrage. Aber sie pflanzen in uns die Fähigkeit, uns diese vorzustellen. Die Schule dient nicht der Anhäufung praktischen Wissens. Aber Mathematik reinigt die Gehirnbahnen, und selbst wenn man Jahreszahlen büffeln muß, die man nach dem Austritt sogleich vergißt, so tut man nichts Unnützes. Verfehlt ist nur der Unterricht in der deutschen Sprache. Aber dafür lernt man sie durch das Lateinische, das noch diesen besonderen Wert hat. Wer gute deutsche Aufsätze macht, wird ein deutscher Kommis. Wer schlechte macht und dafür im Lateinischen besteht, wird vielleicht ein deutscher Schriftsteller. Was die Schule zu tun vermag, ist, daß sie jenen Dunst von den lebendigen Dingen schafft, dem sich eine Individualität entschält. Weiß einer noch nach Jahren, aus welchem klassischen Drama und aus welchem Akt ein Zitat stammt, so hat die Schule ihren Zweck verfehlt. Aber fühlt er, wo es stehen könnte, so ist er wahrhaft gebildet und die Schule hat ihren Zweck vollkommen erreicht.

Wenn einer für universell gebildet gilt, hat er vielleicht noch eine große Chance im Leben: daß er es am Ende doch nicht ist.

Ja, gibt es denn keinen Schutz gegen den Druckfehler, der, sooft von einer stupiden Belesenheit gesprochen werden soll, eine stupende daraus macht?

Männer der Wissenschaft! Man sagt ihr viele nach, aber die meisten mit Unrecht.

Ob Goethe oder Schiller bei den Deutschen populärer sei, ist ein alter Streit. Und doch hat Schiller mit dem Wort »Franz heißt die Kanaille« nicht entfernt jene tiefgreifende Wirkung geübt, die dem Satz, den Goethes Götz dem

Hauptmann zurufen läßt, dank seiner allgemeinen Fassung beschieden war. Da seit Jahrzehnten kaum ein Gerichtstag vergeht, ohne daß der Bericht von dem Angeklagten zu sagen wüßte, er habe an den Kläger »die bekannte Aufforderung aus Goethes Götz gerichtet«, so ist es klar, daß Goethes Nachruhm bei den Deutschen fester gegründet ist. Wie das Volk seine Geister ehrt, geht aber nicht allein daraus hervor, daß es in Goethes Werken sofort die Stelle entdeckt hat, die der deutschen Zunge am schmackhaftesten dünkt, sondern daß heute keiner mehr so ungebildet ist, die Redensart zu gebrauchen, ohne sich dabei auf Goethe zu berufen.

Die Deutschen sitzen an der Tafel einer Kultur, bei der Prahlhans Küchenmeister ist.

Ursprünglich für den Kaufmannsstand bestimmt, widmete er sich später tatsächlich der Literatur.

Die Natur mahnt zur Besinnung über ein Leben, das auf Äußerlichkeiten gestellt ist. Eine kosmische Unzufriedenheit gibt sich allenthalben kund; Sommerschnee und Winterhitze demonstrieren gegen den Materialismus, der das Dasein zum Prokrustesbett macht, Krankheiten der Seele als Bauchweh behandelt und das Antlitz der Natur entstellen möchte, wo immer er ihrer Züge gewahr wird: an der Natur, am Weibe und am Künstler. Einer Welt, die ihren Untergang ertrüge, wenn ihr nur seine kinematographische Vorführung nicht versagt bleibt, kann man mit dem Unbegreiflichen nicht bange machen. Aber unsereins nimmt ein Erdbeben als Protest gegen die Errungenschaften des Fortschritts ohne weiteres hin und zweifelt keinen Augenblick an der Möglichkeit, daß ein Übermaß menschlicher Dummheit die Elemente empören könnte.

Die Aufgabe der Religion: die Menschheit zu trösten, die zum Galgen geht; die Aufgabe der Politik: sie lebensüberdrüssig zu machen; die Aufgabe der Humanität: ihr die Galgenfrist abzukürzen und gleich die Henkermahlzeit zu vergiften.

*

Warum hat sich die Ewigkeit diese Mißgeburt von Zeit nicht abtreiben lassen! Ihr Muttermal ist ein Zeitungsstempel, ihr Kindspech Druckerschwärze und in ihren Adern fließt Tinte.

Keinen Gedanken haben und ihn ausdrücken können – das macht den Journalisten.

Journalisten schreiben, weil sie nichts zu sagen haben, und haben etwas zu sagen, weil sie schreiben.

Der Maler hat es mit dem Anstreicher gemeinsam, daß er sich die Hände schmutzig macht. Eben dies unterscheidet den Schriftsteller vom Journalisten.

Künstler schreiben jetzt gegen die Kunst und werben um Anschluß an das Leben. Goethe, ohne Menschlichkeit, »sieht aus der gespensterhaften Höhe, wo die deutschen Genien einander vielleicht verstehen, unbewegt auf sein unbewegtes Land hinab. Mit seinem Namen decken faule Vergnüglinge ihr leeres Dasein«. Es gebe aber keine Kultur ohne Menschlichkeit ... Einer, der um seiner Prosa willen geachtet wird, ist es, der so sich ereifert. Er will eine Marseillaise, damit man seine Prosa nicht mehr hört. Goethe führt dem Börne die Hand, da er sie gegen Goethe erhebt. Ich aber glaube, daß im Kunstwerk aufgespart ist, was die Unmittelbarkeit geistiger Energien vergeudet. Nicht die erste, sondern die letzte Wirkung der Kunst ist Menschlichkeit. Goethes Menschlichkeit ist eine Fernwirkung. Sterne gibt es, die nicht gesehen werden, solange sie sind. Ihr Licht hat einen weiten Weg, und längst erloschen leuchten sie der Erde. Sie sind den Nachtbummlern vertraut: was kann

Goethe für die Ästheten? Es ist ihr Vorurteil, daß sie ohne sein Licht nicht nach Hause finden. Denn sie sind nirgend zu Hause und für sie ist die Kunst so wenig da, wie der Kampf für die Maulhelden. Auch der Ästhet ist zu feig zum Leben; aber der Künstler geht aus der Flucht vor dem Leben siegreich hervor. Der Ästhet ist ein Maulheld der Niederlagen; der Künstler steht ohne Anteil am Kampf. Er ist kein Mitgeher. Seine Sache ist es nicht, mit der Gegenwart zu gehen, da es doch Sache der Zukunft ist, mit ihm zu gehen.

Es ist aber immer noch besser, daß die Künstler für die gute Sache, als daß die Journalisten für die schöne Linie eintreten.

Wenn den Ästheten die Gebärde freut, mit der einer aus der Staatskasse fünf Millionen stiehlt, und er es öffentlich ausspricht, daß die Belustigung, die der Skandal den »paar Genießern« bringt, mehr wert sei als die Schadenssumme, so muß ihm gesagt werden: Wenn die Gebärde dieser Belustigung ein Kunstwerk ist, so sind wir nobel und es kommt uns auf eine Million mehr oder weniger, die der Staat verliert, nicht an. Wenn aber ein Leitartikel daraus wird, so erwacht unser soziales Gefühl und wir bewilligen nicht fünf Groschen für das Gaudium. Wird nämlich aus dem Staatsbankerott ein Kunstwerk, so macht die Welt ein Geschäft dabei. Im andern Fall spüren wirs im Haushalt und verdammen die populäre Ästhetik, welche die Diebe entschuldigt, ohne die Bestohlenen zu entschädigen.

Vielleicht ginge es besser, wenn die Menschen Maulkörbe und die Hunde Gesetze bekämen; wenn die Menschen an der Leine und die Hunde an der Religion geführt würden. Die Hundswut könnte in gleichem Maße abnehmen wie die Politik.

Der Historiker ist oft nur ein rückwärts gekehrter Journalist.

Die Echtheit in der Kunst vom Schwindel zu unterscheiden, mag schwer fallen. Den Schwindel erkennt man höchstens daran, daß er die Echtheit übertreibt. Die Echtheit höchstens daran, daß sich das Publikum von ihr nicht hineinlegen läßt.

Mit den perfekten Feuilletonisten ließe sich leben, wenn sie es nicht auf die Unsterblichkeit abgesehen hätten. Sie wissen fremde Werte zu placieren, haben alles bei der Hand, was sie nicht im Kopf haben, und sind häufig geschmackvoll. Wenn man ein Schaufenster dekoriert haben will, ruft man nicht den Lyriker. Er könnte es vielleicht auch, aber er tut's nicht. Der Auslagenarrangeur tut's. Das schafft ihm seine soziale Position, um die ihn der Lyriker mit Recht beneidet. Auch ein Auslagenarrangeur kann auf die Nachwelt kommen. Aber nur, wenn der Lyriker ein Gedicht über ihn macht.

Nie war der Weg von der Kunst zum Publikum so weit; aber nie auch hat es ein so künstliches Mittelding gegeben, eins, das sich von selbst schreibt und von selbst liest, so zwar, daß sie alle schreiben und alle verstehen können und bloß der soziale Zufall entscheidet, wer aus dieser gegen den Geist fortschreitenden Hunnenhorde der Bildung jeweils als Schreiber oder als Leser hervorgeht.

Ein frecher Kulturwitz hat die »journalistische Hochschule« ausgeheckt. Sozialer Ernst müßte eine journalistische Gewerbeschule verlangen.

Wenn Lieben nur zum Zeugen dient, dient Lernen nur zum Lehren. Das ist die zweifache teleologische Rechtfertigung für das Dasein der Professoren.

Fürs Leben gern wüßt' ich: was fangen die vielen Leute nur mit dem erweiterten Horizont an?

Aufgeweckte Jungen – unausgeschlafene Männer.

Die neue Seelenkunde hat es gewagt, in das Mysterium des Genies zu spucken. Wenn es bei Kleist und Lenau nicht sein Bewenden haben sollte, so werde ich Torwache halten und die medizinischen Hausierer, die neuestens überall ihr »Nichts zu behandeln?« vernehmen lassen, in die Niederungen weisen. Ihre Lehre möchte die Persönlichkeit verengen, nachdem sie die Unverantwortlichkeit erweitert hat. Solange das Geschäft private Praxis bleibt, mögen sich die Betroffenen wehren. Aber Kleist und Lenau werden wir aus der Ordination zurückziehen!

Die Psychoanalyse entlarvt den Dichter auf den ersten Blick, ihr macht man nichts vor und sie weiß ganz genau, was des Knaben Wunderhorn eigentlich bedeutet. Es sei. Jetzt ist es aber die höchste Zeit, daß eine Seelenforschung ersteht, die, wenn einer vom Geschlecht spricht, ihm dahinter kommt, daß es eigentlich Kunst bedeutet. Für diese Retourkutsche der Symbolik biete ich mich als Lenker an! Ich wäre aber auch schon zufrieden, wenn man einem, der von Psychologie spricht, nachweisen könnte, daß sein Unterbewußtsein eigentlich etwas anderes gemeint habe.

Kinder psychoanalitischer Eltern welken früh. Als Säugling muß es zugeben, daß es beim Stuhlgang Wollustempfindungen habe. Später wird es gefragt, was ihm dazu einfällt, wenn es auf dem Weg zur Schule der Defäkation eines Pferdes beigewohnt hat. Man kann von Glück sagen, wenn so eins noch das Alter erreicht, wo der Jüngling einen Traum beichten kann, in dem er seine Mutter geschändet hat.

Der Unterschied zwischen der alten und der neuen Seelenkunde ist der, daß die alte über jede Abweichung von der Norm sittlich entrüstet war und die neue der Minderwertigkeit zu einem Standesbewußtsein verholfen hat.

Das wissen weder Mediziner noch Juristen: daß es in der Erotik weder ein erweislich Wahres gibt, noch einen objektiven Befund; daß uns kein Gutachten von dem Wert des Gegenstands überzeugen und keine Diagnose uns enttäuschen kann; daß man gegen alle tatsächlichen Voraussetzungen liebt und gegen den wahren Sachverhalt sich selbstbefriedigt. Kurzum, daß es die höchste Zeit ist, aus einer Welt, die den Denkern und den Dichtern gehört, die Juristen und Mediziner hinauszujagen.

Gute Ansichten sind wertlos. Es kommt darauf an, wer sie hat.

Satiren, die der Zensor versteht, werden mit Recht verboten.

Die Dorfbarbiere haben einen Apfel, den stecken sie allen Bauern ins Maul, wenn's ans Balbieren geht. Die Zeitungen haben das Feuilleton.

Ich verpflichte mich, einen Mann an den Galgen zu bringen, wenn ich auf der Straße mit ganz bestimmtem Tonfall ausrufe: »Aha, und ein farbiges Hemd hat er auch noch!« Es würde ein Schrei der Entrüstung durch die Menge gehen. Durch dieselbe Menge, auf die man jetzt mit Symphonien zu wirken sucht.

Bildung ist das, was die meisten empfangen, viele weitergeben und wenige haben.

Was die Lehrer verdauen, das essen die Schüler.

Je größer das Assoziationsmaterial, desto geringer die Assoziationsfähigkeit. Mehr als das Gymnasium von jenem zuführt, braucht man nicht. Wer etwa das Wort »Es wandelt niemand ungestraft unter Palmen« im »Nathan« sucht, hats weiter gebracht, als der es in den »Wahlverwandtschaften« richtig findet.

Leute, die über den Wissensdurst getrunken haben, sind eine gesellschaftliche Plage.

Die Phrase und die Sache sind eins.

Die Verzerrung der Realität im Bericht ist der wahrheitsgetreue Bericht über die Realität.

Die Welt ist taub vom Tonfall. Ich habe die Überzeugung, daß die Ereignisse sich gar nicht mehr ereignen, sondern daß die Klischees selbsttätig fortarbeiten. Oder wenn die Ereignisse, ohne durch die Klischees abgeschreckt zu sein, sich doch ereignen sollten, so werden die Ereignisse aufhören, wenn die Klischees zertrümmert sein werden. Die Sache ist von der Sprache angefault. Die Zeit stinkt schon von der Phrase.

Die Häßlichkeit der Jetztzeit hat rückwirkende Kraft.

*

Der Analytiker macht Staub aus dem Menschen.

Eine Wissenschaft, die vom Geschlecht so wenig weiß wie von der Kunst, verbreitet das Gerücht, daß im Kunstwerk die Sexualität des Künstlers »sublimiert« werde. Eine saubere Bestimmung der Kunst, das Bordell zu ersparen! Da ist es doch eine viel feinere Bestimmung des Bordells, die Sublimierung durch ein Kunstwerk zu ersparen. Wie bedenklich das von den Künstlern geübte Verfahren, abgesehen von seiner Weitschweifigkeit, in seiner Wirkung auf die Empfangenden bleibt, beweist gerade der Fall des bedeutenden Tonkünstlers, der von jener Wissenschaft gern als Beispiel gelungener Sublimierung herangezogen wird. Die Hörer seiner Musik fühlen sich von der darin sublimierten Sexualität dermaßen angeregt, daß ihnen oft kein anderer Ausweg als jener bleibt, den der Künstler gemieden hat, es wäre denn, daß sie selbst imstande sind, rechtzeitig eine Sublimierung vorzunehmen. Hätte der Künstler den einfacheren Weg gewählt, so wäre diese Wirkung den Hörern erspart geblieben. So geschieht es, daß durch die üble Gewohnheit der Künstler, die Sexualität zu sublimieren, diese erst frei wird und daß eine Angelegenheit, die so recht eine Privatangelegenheit des Künstlers zu bleiben hätte, zu einem öffentlichen Skandal ausartet.

Den Weg zurück ins Kinderland möchte ich, nach reiflicher Überlegung, doch lieber mit Jean Paul als mit S. Freud machen.

Man sagt mir oft, daß manches, was ich gefunden habe, ohne es zu suchen, wahr sein müsse, weil es auch F. gesucht und gefunden habe. Solche Wahrheit wäre wohl ein trostloses Wertmaß. Denn nur dem, der sucht, ist das Ziel wichtig. Dem, der findet, aber der Weg. Die beiden treffen sich nicht. Der eine geht schneller, als der andere zum Ziel kommt. Irgendetwas ist ihnen gemeinsam. Aber der Prophet ist immer da und verkündet den apokalyptischen Reiter.

Psychoanalyse ist jene Geisteskrankheit, für deren Therapie sie sich hält.

Wie der Schelm ist, so denkt der Psycholog.

Eröffnung am Schluß einer psychoanalytischen Kur: Ja, S i e können nicht geheilt werden. Sie sind ja krank!

Die Kunst dient dazu, uns die Augen auszuwischen.

Talent haben – Talent sein: das wird immer verwechselt.

Persönlichkeiten sind übel daran. Die Menge sieht nur die Fläche, auf der sich die Widersprüche zeichnen. Aber diese sprechen für eine Tiefe, in der ihr Treffpunkt liegt.

Es gibt keine Wollust, die an das Hochgefühl geistiger Zeugung heranreicht, und es gibt keine Trauer, die dem Zustand vergleichbar ist, in den der Künstler nach getanem Werk versinkt. Die Selbstsicherheit des Unbewußtseins schafft jedesmal ihr erstes Werk, und darum jedesmal ihr bestes. Ist es getan, so sieht die Unsicherheit des Bewußtseins, daß es das letzte sei, und darum das schlechteste. Solcher Mutlosigkeit imponiert jedes kritische Bubenwort. Ein Urteil, das dem künstlerischen Schaffen bloß in die Ernüchterung und nicht in den Genuß folgen kann, ist ein wahrer Fluch. Die wissen von der Wollust nichts, die nur wissen, daß sie der Trauer vorangeht.

Ein guter Stilist soll bei der Arbeit die Lust eines Narzissus empfinden. Er muß sein Werk so objektivieren können, daß er sich bei einem Neidgefühl ertappt und erst durch Erinnerung daraufkommt, daß er selbst der Schöpfer sei. Kurzum, er muß jene höchste Objektivität bewähren, die die Welt Eitelkeit nennt.

Die Aufnahmsfähigkeit des produktiven Menschen ist gering. Der lesende Dichter macht sich verdächtig.

Ein Dichter, der liest: ein Anblick, wie ein Koch, der ißt.

Wozu sollte ein Künstler den anderen erfassen? Würdigt der Vesuv den Ätna? Es könnte sich höchstens eine feminine Beziehung eifersüchtigen Vergleichens ergeben: Wer speit besser?

Kunstwerke sind überflüssig. Es ist zwar notwendig, sie zu schaffen, aber nicht, sie zu zeigen. Wer Kunst in sich hat, braucht den fremden Anlaß nicht. Wer sie nicht hat, sieht nur den Anlaß. Dem einen drängt sich der Künstler auf, dem andern prostituiert er sich. In jedem Fall sollte er sich schämen.

Diese finden jenes, jene dieses schön. Aber sie müssen es »finden«. Suchen will es keiner.

Der Philister möchte immer, daß ihm die Zeit vergeht. Dem Künstler besteht sie.

Wenn ein Künstler Konzessionen macht, so erreicht er nicht mehr als der Reisende, der sich im Ausland durch gebrochenes Deutsch verständlich zu machen sucht.

Ein Snob ist unverläßlich. Das Werk, das er lobt, kann gut sein.

Ehedem hatte ein Schuster ein persönliches Verhältnis zu seinen Stiefeln; heute hat der Dichter keines zu seinen Erlebnissen.

Es gibt keine Erzeuger mehr, es gibt nur mehr Vertreter.

Seit Heine wird nach dem Leisten: »Ein Talent, doch kein Charakter« geschustert. Aber so fein unterscheide ich nicht! Ein Talent, *weil* kein Charakter.

Künstler haben das Recht, bescheiden, und die Pflicht, eitel zu sein.

Ich lehne es ab, in der Musik aufzugehen. Die es ist, muß in mir aufgehen.

Was ist die Neunte Symphonie neben einem Gassenhauer, den ein Leierkasten und eine Erinnerung spielen!

Leidenschaften können Musik machen. Aber nur wortlose Musik. Darum ist die Oper ein Unsinn. Sie setzt die reale Welt voraus und bevölkert sie mit Menschen, die bei einer Eifersuchtsszene, bei Kopfschmerz, bei einer Kriegserklärung singen, ja sterbend selbst auf die Koloratur nicht verzichten. Sie führt durch die Inkongruenz eines menschenmöglichen Ernstes mit der wunderlichen Gewohnheit des Singens sich selbst ad absurdum. In der Operette ist die Absurdität vorweg gegeben. Sie setzt eine Welt voraus, in welcher die Ursächlichkeit aufgehoben ist, nach den Gesetzen des Chaos, aus dem die andere Welt erschaffen wurde, munter fortgelebt wird und der Gesang als Verständigungsmittel beglaubigt ist. Der »Operettenunsinn« versteht sich von selbst und fordert nicht die Reaktion der Vernunft heraus. Daß Operettenverschwörer singen, ist plausibel, aber die Opernverschwörer meinen es ernst und schädigen den Ernst ihres Vorhabens durch unmotiviertes Singen. Der Operettenunsinn ist Romantik. Die Funktion der Musik, den Krampf des Lebens zu lösen und die gedankliche Tätigkeit entspannend wieder anzuregen, paart sich mit einer verantwortungslosen Heiterkeit, die in jenem Wirrsal ein Bild unserer realen Verkehrtheiten ahnen läßt. Der Gedanke der Operette ist Rausch, aus dem Gedanken geboren werden: die Nüchternheit geht leer aus. Die Voraussetzung einer romantischen Welt nun wird einer Welt, die mit jedem Tage voraussetzungsloser wird, immer schwerer. Darum muß die Operette rationalisiert werden. Sie verleugnet die Romantik ihrer Herkunft und huldigt dem Verstand eines Commis voyageur. Die Forderung, daß die Operette vor der reinen Vernunft bestehe, ist die Urheberin des reinen Operettenblödsinns. Jetzt singen nicht mehr die Bobèche und

Sparadrap, die Schäferprinzen und die Prinzessinnen von Trapezunt, die fürchterlichen Alchymisten, in deren Gift Kandelzucker ist, keine Königsfamilie mehr wird beim bloßen Wort »Trommel« zu musikalischen Exzessen hingerissen, kein Hauch eines Tyrannen wirft einen falsch mitsingenden Höfling nieder. Aber Attachés und Leutnants bringen sachlich in Tönen vor, was sie ihren Partnerinnen zu sagen haben. Psychologie ist die ultima ratio der Unfähigkeit, und so mußte auch die Operette psychologisiert werden. Als aber der Unsinn blühte, war er ein Erzieher. Indem die Grazie das künstlerische Maß dieser Narrheit war, mochte dem Operettenunsinn ein lebensbildender Wert zugesprochen werden. Ein Orchesterwitz in Offenbachs »Blaubart« hat mir mehr Empfinden beigebracht, als hundert Opern. Erst jetzt, da das Genre Vernunft angenommen und den Frack angezogen hat, wird es sich die Verachtung verdienen, die ihm die Ästhetik seit jeher bezeigt hat.

Ich kann mir denken, daß ein junger Mensch von den Werken Offenbachs, die er in einem Sommertheater zu hören bekommt, entscheidendere Eindrücke empfängt als von jenen Klassikern, zu deren verständnisloser Empfängnis ihn die Pädagogik antreibt. Vielleicht wird seine Phantasie zur Bewältigung der Fleißaufgabe gespornt, sich aus der »Schönen Helena« das Bild jener Heroen zu formen, das ihm die Ilias noch vorenthält. Vielleicht könnte ihm das Zerrbild der Götter den wahren Olymp erschließen.

In der Oper spottet das Musikalische des Theatralischen, und die natürliche Parodie, die im Nebeneinander zweier Formen entsteht, macht auch den tatkräftigsten Vorsatz zu einem »Gesamtkunstwerk« lächerlich. Zu einem solchen vermögen Aktion und Gesang nur in der Operette zu verschmelzen, welche die Narrheit zur Voraussetzung hat.

Man darf auf dem Theater die Natur einer Persönlichkeit nicht mit der Natürlichkeit einer Person verwechseln.

Die neue Schauspielkunst: Dilettanten ohne Lampenfieber.

Die Schauspielkunst sollte sich wieder selbständig machen. Der Darsteller ist nicht der Diener des Dramatikers, sondern der Dramatiker ist der Diener des Darstellers. Dazu ist freilich Shakespeare zu gut. Wildenbruch würde genügen. Die Bühne gehört dem Schauspieler, und der Dramatiker liefere bloß die Gelegenheit. Tut er mehr, so nimmt er dem Schauspieler, was des Schauspielers ist. Die Dichtung, der das Buch gehört, hat seit Jahrhunderten mit vollem Bewußtsein an der Szene schmarotzt. Sie hat sich vor der Phantasiearmut des Lesers geflüchtet und spekuliert auf die des Zuschauers. Sie sollte sich endlich der populären Wirkungen schämen, zu denen sie sich herabläßt. Kein Theaterpublikum hat noch einen Shakespeare-Gedanken erfaßt, sondern es hat sich stets nur vom Rhythmus, der auch Unsinn tragen könnte, oder vom stofflichen Gefallen betäuben lassen. »Des Lebens Unverstand mit Wehmut zu genießen, ist Tugend und Begriff«: damit kann ein Tragöde so das Haus erschüttern, daß jeder glaubt, es sei von Sophokles und nicht von Thümmel. Lob dem Schauspieler, der in der Wahl unliterarischer Gelegenheiten seine schöpferische Selbstherrlichkeit betont!

Die wahren Schauspieler lassen sich vom Autor bloß das Stichwort bringen, nicht die Rede. Ihnen ist das Theaterstück keine Dichtung, sondern ein Spielraum.

Die einzige Kunst, vor der das Publikum ein Urteil hat, ist die Theaterkunst. Der einzelne Zuschauer, also vor allem der Kritiker, spricht Unsinn, alle zusammen haben sie recht. Vor der Literatur ist es umgekehrt.

Ein Schauspieler, der sich für Literatur interessiert? Ein Literat gehört nicht einmal ins Parkett!

Das dramatische Kunstwerk hat auf der Bühne nichts zu suchen. Die theatralische Wirkung eines Dramas soll bis zu dem Wunsch reichen, es aufgeführt zu sehen: ein Mehr zerstört die künstlerische Wirkung. Die beste Vorstellung ist jene, die sich der Leser von der Welt des Dramas macht.

Endlich sollte einmal zu lesen sein: Die Ausstattung des neuen Stückes hat alles bisher Übertroffene geboten.

Die modernen Regisseure wissen nicht, daß man auf der Bühne die Finsternis s e h e n muß.

Das Lachen über Schauspielereitelkeit, Applausbedürfnis und dergleichen ist lächerlich. Die Theatermenschen brauchen den Beifall, um besser zu spielen; und dazu genügt auch der künstliche. Das Glücksgefühl, das mancher Darsteller zeigt, wenn ihm die applaudieren, die er dafür bezahlt hat, ist ein Beweis für seine Künstlerschaft. Kaum einer wäre ein großer Schauspieler geworden, wenn das Publikum ohne Hände auf die Welt gekommen wäre.

Ich unterschätze den Wert der wissenschaftlichen Erforschung des Geschlechtslebens gewiß nicht. Sie bleibt immerhin eine schöne Aufgabe. Und wenn ihre Resultate von den Schlüssen künstlerischer Phantasie bestätigt werden, so ist das schmeichelhaft für die Wissenschaft und sie hat nicht umsonst gelebt.

Das Merkmal eines schlechten Zeichners ist die Unmöglichkeit, daß eine Figur, die er in einem bestimmten Moment mit offenem Munde darstellt, diesen je wieder zumachen wird.

Man ist so kulturvoll, Wirtshäuser zu meiden, die »Abfütterungsanstalten« sind. Aber der Gedanke, sich gleichzeitig mit fünfhundert anderen in Himmelssphären entrücken zu lassen, stört keinen kulturvollen Konzertbesucher. Ich habe nichts dagegen, die Notdurft des Lebens gemeinsam mit meinen Mitbürgern zu verrichten, möchte mich aber um keinen Preis der Welt mit einem einzigen von ihnen auf der Insel der Seligen treffen.

*

Der Künstler lasse sich nie durch Eitelkeit zur Selbstzufriedenheit hinreißen.

Der Ethiker muß immer von neuem zur Welt kommen. Der Künstler ein für allemal.

In der Kunst kommt es nicht darauf an, daß man Eier und Fett nimmt, sondern daß man Feuer und Pfanne hat.

Effekt, sagt Wagner, ist Wirkung ohne Ursache. Kunst ist Ursache ohne Wirkung.

Die Mittelmäßigkeit revoltiert gegen die Zweckmäßigkeit.

Kokoschka hat ein Porträt von mir gemacht. Schon möglich, daß mich die nicht erkennen werden, die mich kennen. Aber sicher werden mich die erkennen, die mich nicht kennen.

*

Meine Angriffe sind so unpopulär, daß erst die Schurken, die da kommen werden, mich verstehen werden.

Das Verständnis meiner Arbeit ist erschwert durch die Kenntnis meines Stoffes. Daß das, was da ist, erst erfunden werden muß und daß es sich lohnt, es zu erfinden, sehen sie nicht ein. Und auch nicht, daß ein Satiriker, dem die Personen so vorhanden sind, als hätte er sie erfunden, mehr Kraft braucht, als der, der die Personen so erfindet, als wären sie vorhanden.

Welch ein Rinnsal braust an meinem Riff! Und solche Brandung beweist mich. Die Leistung könnte nicht für sich selbst sprechen – dazu ist nicht die Zeit. Erst im Lärm der andern macht sie sich vernehmlich.

Ein alter Idiotenglaube räumt dem »Satiriker« das Recht ein, die Schwächen des Starken zu geißeln. Nun ist aber die schwächste Schwäche des Starken noch immer stärker als die stärkste Stärke des Schwachen, und darum ist der Satiriker, der auf der Höhe jener Auffassung steht, ein schmieriges Subjekt und seine Duldung ein rechtes Stigma der Gesellschaft. Aus dem infamen Bedürfnis der Gesellschaft, die Persönlichkeiten als ihresgleichen zu behandeln und durch deren Herabsetzung auf das eigene Niveau sich über dessen Niedrigkeit zu beruhigen, sind die Witzblätter entstanden. Alle Glatzköpfe glänzen, weil Bismarck auch nicht mehr als drei Haare hatte. Diese lästige Bosheit, aus der das Witzblatt dem Rachebedürfnis der Gesellschaft beispringt, nennt sie »harmlos«. Verabscheut aber den Positiven, der eine entgötterte Welt in Trümmer schlägt. Ahnt nicht, daß der Satiriker einer ist, der nur die Schwäche der Schwachen geißelt und die der Starken nicht sieht, weil es solche nicht gibt, und wenn es sie gäbe, sie ehrfürchtig bedeckte. Satire ist für die Leute etwas, was einer im Nebenamt betreiben kann, zum Beispiel, wenn er öffentlich Offizier ist und heimlich Humor hat. Echter ist wohl, öffentlich Satire zu üben und ein heimlicher Krieger zu sein. Denn Satire ist in Wahrheit nur mit einer Funktion: mit der des Mannes vereinbar, ja sie scheint sie geradezu zu bedingen. Daß der Satiriker ein Mann ist, beweist allein schon die satirische Zudringlichkeit, deren er sich selbst zu erwehren hat. Der

Satiriker versteht nämlich keinen Spaß. Macht er aber das Insekt, das es auf seine »Schwächen« abgesehen hat, kaputt, so wundern sich alle und fragen, ja warum denn, und sagen, daß einer, der doch selbst Satiriker sei, es sich auch gefallen lassen müsse, daß ein anderer – und so weiter in infinitum der menschlichen Banalität.

Logik ist die Feindin der Kunst. Aber Kunst darf nicht die Feindin der Logik sein. Logik muß der Kunst einmal geschmeckt haben und von ihr vollständig verdaut worden sein. Um zu behaupten, daß zweimal zwei fünf ist, hat man zu wissen, daß zweimal zwei vier ist. Wer freilich nur dieses weiß, wird sagen, jenes sei falsch.

Am Ursprung gibts kein Plagiat.

Ein Künstler, der Erfolg hat, muß den Kopf nicht hängen lassen. Er soll erst dann an sich verzweifeln, wenn ein Schwindler durchfällt.

Ein Gedicht ist so lange gut, bis man weiß, von wem es ist.

Dieser Autor ist so tief, daß ich als Leser lange gebraucht habe, um ihm auf die Oberfläche zu kommen.

Es wird jetzt viel über Ekstase gesprochen, von solchen, die eben noch um die Vorteile ihres schäbigen Bewußtseins Bescheid wissen. Ich war aber dabei, als Peter Altenberg, dessen hundertfaches Leben sein einfaches Werk ersäuft, vor einer deutsch lallenden Tänzerin ausrief: »Und wie sie deutsch spricht! Alleredelste!! Goethe ist ein Tier gegen Dich!!!« Goethe war einverstanden. Gott selbst stimmte zu. Und wenn sich die lebende deutsche Literatur von der Kraft dieses Augenblicks bedienen könnte, so würden Werke hervorkommen, die noch besser wären als das Deutsch der kleinen Tänzerin. Aber da sie alle als Bettler neben diesem Bettler stehen, der durch alle zeitliche Erniedrigung aufsteigen wird in das Reich des Geistes und der Gnade, so ist jedes Tier ein Goethe gegen sie.

Die Bildungslüge hat die Entfernung des Publikums von der Wortkunst noch größer gemacht als die von den anderen Künsten, weil es zwar nicht die Farben, die einer malt, klecksen zu können, nicht die Töne, die einer komponiert, pfeifen zu können, wohl aber die Sprache, die einer schreibt, sprechen zu können behauptet. Und doch könnte es, und eben darum, noch eher klecksen und pfeifen. Man lebt so entfernt von der Sprache und glaubt, weil man sprechen kann, sprechen zu können. Der Respekt vor ihr wäre größer, wenn's auch eine Umgangsmalerei und eine Umgangsmusik gäbe, so daß die Leute einander mit Pfeifen oder Klecksen erzählen könnten, was sie heute gegessen haben.

Künstler ist nur einer, der aus der Lösung ein Rätsel machen kann.

Mir scheint alle Kunst nur Kunst für heute zu sein, wenn sie nicht Kunst gegen heute ist. Sie vertreibt die Zeit – sie vertreibt sie nicht! Der wahre Feind der Zeit ist die Sprache. Sie lebt in unmittelbarer Verständigung mit dem durch die Zeit empörten Geist. Hier kann jene Verschwörung zustandekommen, die Kunst ist. Die Gefälligkeit, die von der Sprache die Worte stiehlt, lebt in der Gnade der Zeit. Kunst kann nur von der Absage kommen. Nur vom Aufschrei, nicht von der Beruhigung. Die Kunst, zum Troste gerufen, verläßt mit einem Fluch das Sterbezimmer der Menschheit. Sie geht durch Hoffnungsloses zur Erfüllung.

Der längste Atem gehört zum Aphorismus.

Wer Meinungen von sich gibt, darf sich auf Widersprüchen nicht ertappen lassen. Wer Gedanken hat, denkt auch zwischen den Widersprüchen.

Der Gedanke ist ein Kind der Liebe. Die Meinung ist in der bürgerlichen Gesellschaft anerkannt.

Wer nichts der Sprache vergibt, vergibt nichts der Sache.

Warum mutet man einem Musiker nicht zu, daß er gegen einen Übelstand eine Symphonie verfasse? Ich mache schon längst keine Programmusik.

Daß einer sich der Sprache bedient, um zu sagen, daß ein Minister untauglich ist, macht ihn noch nicht zum Schriftsteller.

Die Sprache ist das Material des literarischen Künstlers; aber sie gehört ihm nicht allein, während die Farbe doch ausschließlich dem Maler gehört. Darum müßte den Menschen das Sprechen verboten werden. Die Zeichensprache reicht für die Gedanken, die sie einander mitzuteilen haben, vollkommen aus. Ist es erlaubt, uns ununterbrochen mit Ölfarben die Kleider zu beschmieren?

In der Sprachwissenschaft muß ein Autor nicht unfehlbar sein. Auch kann die Verwendung unreinen Materials einem künstlerischen Zweck frommen. Ich vermeide Lokalismen nicht, wenn sie einer satirischen Absicht dienen. Der Witz, der mit gegebenen Vorstellungen arbeitet und eine geläufige Terminologie voraussetzt, zieht die Sprachgebräuchlichkeit der Sprachrichtigkeit vor, und nichts ist ihm ferner als der Ehrgeiz puristischen Strebens. Es geht um Sprachkunst. Daß es so etwas gibt, spüren fünf unter tausend. Die anderen sehen eine Meinung, an der etwa ein Witz hängt, den man sich bequem ins Knopfloch stecken kann. Von dem Geheimnis organischen Wachstums haben sie keine Ahnung. Sie werten nur das Material. Die platteste Vorstellung kann zu tiefster Wirkung gebracht werden: sie wird unter der Betrachtung solcher Leser wieder platt. Die Trivialität als Element satirischer Gestaltung: ein Kalauer bleibt in ihrer Hand.

Der Wortwitz, als Selbstzweck verächtlich, kann das edelste Mittel einer künstlerischen Absicht sein, indem er der Abbreviatur einer witzigen Anschauung dient. Er kann ein sozialkritisches Epigramm sein.

Es gibt Schriftsteller, die schon in zwanzig Seiten ausdrücken können, wozu ich manchmal sogar zwei Zeilen brauche.

Werdegang des Schreibenden: Im Anfang ist man's ungewohnt und es geht darum wie geschmiert. Aber dann wird's schwerer und immer schwerer, und wenn man erst in die Übung kommt, dann wird man mit manch einem Satz nicht fertig.

Einen Aphorismus kann man in keine Schreibmaschine diktieren. Es würde zu lange dauern.

Ein Aphorismus braucht nicht wahr zu sein, aber er soll die Wahrheit überflügeln. Er muß mit einem Satz über sie hinauskommen.

Ein Feuilleton schreiben heißt auf einer Glatze Locken drehen.

Der eine schreibt, weil er sieht, der andere, weil er hört.

Zu seiner Belehrung sollte ein Schriftsteller mehr leben als lesen. Zu seiner Unterhaltung sollte ein Schriftsteller mehr schreiben als lesen. Dann können Bücher entstehen, die das Publikum zur Belehrung und zur Unterhaltung liest.

Einen Roman zu schreiben, mag ein reines Vergnügen sein. Nicht ohne Schwierigkeit ist es bereits, einen Roman zu erleben. Aber einen Roman zu lesen, davor hüte ich mich, so gut es irgend geht.

Ein Agitator ergreift das Wort. Der Künstler wird vom Wort ergriffen.

Ungewöhnliche Worte zu gebrauchen, ist eine literarische Unart. Man darf dem Publikum bloß gedankliche Schwierigkeiten in den Weg legen.

Wo weder zum Weinen Kraft ist noch zum Lachen, lächelt der Humor unter Tränen.

Warum schreibt mancher? Weil er nicht genug Charakter hat, nicht zu schreiben.

Feuilletonisten sind verhinderte Kurzwarenhändler. Die Eltern zwingen sie zu einem intelligenten Beruf, aber das ursprüngliche Talent bricht sich doch Bahn.

Es gibt seichte und tiefe Hohlköpfe.

Die Prostitution des Leibes teilt mit dem Journalismus die Fähigkeit, nicht empfinden zu müssen, hat aber vor ihm die Fähigkeit voraus, empfinden zu können.

Daß eine Sache künstlerisch ist, muß ihr nicht unbedingt beim Publikum schaden. Man überschätzt das Publikum, wenn man glaubt, es nehme die Vorzüglichkeit der Darstellung übel. Es beachtet die Darstellung überhaupt nicht und nimmt getrost auch Wertvolles in Kauf, wenn nur der Gegenstand zufällig einem gemeinen Interesse entspricht.

Lichtenberg gräbt tiefer als irgendeiner, aber er kommt nicht wieder hinauf. Er redet unter der Erde. Nur wer selbst tief gräbt, hört ihn.

Im Anfang war das Rezensionsexemplar, und einer bekam es vom Verleger zugeschickt. Dann schrieb er eine Rezension. Dann schrieb er ein Buch, welches der Verleger annahm und als Rezensionsexemplar weitergab. Der nächste, der es bekam, tat desgleichen. So ist die moderne Literatur entstanden.

Seitdem faule Äpfel einmal in der deutschen Dramatik zur Anregung gedient haben, fürchtet das Publikum, sie zur Abschreckung zu verwenden.

Revisoren über Shakespeare-Schlegel! Die Flügel, die ein Wort bekommen hat, ihm brechen, das vermag nur ein philologisches Gewissen.

So wie es immer noch neue Gesichter gibt, wiewohl sich der Inhalt der Menschen wenig unterscheidet, so muß es bei ähnlichem Gedankenmaterial immer noch neue Sätze geben. Es kommt eben auch da auf den Schöpfer an, der die Fähigkeit hat, die leiseste Nuance auszudrücken.

Eine neue Erkenntnis muß so gesagt sein, daß man glaubt, die Spatzen auf dem Dach hätten nur durch einen Zufall versäumt, sie zu pfeifen.

Es gibt Wahrheiten, durch deren Entdeckung man beweisen kann, daß man keinen Geist hat.

Schimpfworte sind nicht an und für sich zu verpönen. Nur wenn sie an und für sich stehen. Ein Stilist muß ein Schimpfwort so gebrauchen können, als ob es nie zuvor noch ein Kutscher gebraucht hätte. Die Unfähigkeit sucht ungewohnte Worte. Aber ein Meister sagt auch das Gewöhnlichste zum ersten Mal. So kann eine Drohung mit Ohrfeigen nicht nur als der organische Ausdruck einer Stimmung, sondern sogar wie ein Gedanke wirken. Und der Götz von Berlichingen als Novität.

Den Witz eines Witzigen erzählen heißt bloß: einen Pfeil aufheben. Wie er abgeschossen wurde, sagt das Zitat nicht.

Einen Aphorismus zu schreiben, wenn man es kann, ist oft schwer. Viel leichter ist es, einen Aphorismus zu schreiben, wenn man es nicht kann.

Ein guter Autor wird immer fürchten, daß das Publikum merke, welche Gedanken ihm zu spät eingefallen sind. Aber das Publikum ist darin viel nachsichtiger als man glaubt, und merkt auch die Gedanken nicht, die da sind.

Man muß jedesmal so schreiben, als ob man zum ersten und zum letzten Mal schriebe. So viel sagen, als ob's ein Abschied wäre, und so gut, als bestände man ein Debüt.

Das älteste Wort sei fremd in der Nähe, neugeboren und mache Zweifel, ob es lebe. Dann lebt es. Man hört das Herz der Sprache klopfen.

*

Die Kunst des Schreibenden läßt ihn auf dem Luftseil einer hochgespannten Periode nicht schwanken, aber sie macht ihm einen Punkt problematisch. Er mag sich des Ungewohnten vermessen; aber jede Regel löse sich ihm in ein Chaos von Zweifeln.

Das Verlangen, daß ein Satz zweimal gelesen werde, weil erst dann Sinn und Schönheit aufgehen, gilt für anmaßend oder hirnverbrannt. So weit hat der Journalismus das Publikum gebracht. Es kann sich unter der Kunst des Wortes nichts anderes vorstellen, als die Fähigkeit, eine Meinung deutlich zu machen. Man schreibt »über« etwas. Die Anstreicher haben den Geschmack an der Malerei noch nicht so gründlich korrumpiert wie die Journalisten den Geschmack am Schrifttum. Oder der Snobismus hilft dort und bewahrt das Publikum davor, zuzugeben, daß es auch am Gemälde nur den Vorgang erfasse. Jeder Börsengalopin weiß heute, daß er anstandshalber zwei Minuten vor einem Bilde stehen bleiben muß. In Wahrheit ist er auch damit zufrieden, daß über etwas gemalt wird. Die Heuchelei, mit der die Blinden von der Farbe reden, ist schlimm. Aber schlimmer ist die Keckheit, mit der die Tauben die Sprache als Instrument des Lärms reklamieren.

Warum ist das Publikum so frech gegen die Literatur? Weil es die Sprache beherrscht. Die Leute würden sich ganz ebenso gegen die andern Künste vorwagen, wenn es ein Verständigungsmittel wäre, sich anzusingen, sich mit Farbe zu beschmieren oder mit Gips zu bewerfen. Das Unglück ist eben, daß die Wortkunst aus einem Material arbeitet, das der Bagage täglich durch die Finger geht. Darum ist der Literatur nicht zu helfen. Je weiter sie sich von der Verständlichkeit entfernt, desto zudringlicher reklamiert das Publikum sein Material. Das Beste wäre noch, die Literatur so lange vor dem Publikum zu verheimlichen, bis ein Gesetz zustandekommt, welches den Leuten die Umgangssprache verbietet und ihnen nur erlaubt, sich in dringenden Fällen einer Zeichensprache zu bedienen. Aber ehe dieses Gesetz zustandekommt, dürften sie wohl gelernt haben, die Arie »Wie geht das Geschäft?« mit einem Stilleben zu beantworten.

Der Journalismus, der die Geister in seinen Stall treibt, erobert indessen ihre Weide. Tagschreiber möchten Autoren sein. Es erscheinen Feuilletonsammlungen, an denen man nichts so sehr bestaunt, als daß dem Buchbinder die Arbeit nicht in der Hand zerfallen ist. Brot wird aus Brosamen gebacken. Was ist es, das ihnen Hoffnung auf die Fortdauer macht? Das fortdauernde Interesse an dem Stoff, den sie sich »wählen«. Wenn einer über die Ewigkeit plaudert, sollte er da nicht gehört werden; so lange die Ewigkeit dauert? Von diesem Trugschluß lebt der Journalismus. Er hat immer die größten Themen und unter seinen Händen kann die Ewigkeit aktuell werden; aber sie muß ihm auch ebenso leicht wieder veralten. Der Künstler gestaltet den Tag, die Stunde, die Minute. Sein Anlaß mag zeitlich und lokal noch so begrenzt und bedingt sein, sein Werk wächst umso grenzenloser und freier, je weiter es dem Anlaß entrückt wird. Es veralte getrost im Augenblick: es verjüngt sich in Jahrzehnten.

Der Gedankenlose denkt, man habe nur dann einen Gedanken, wenn man ihn hat und in Worte kleidet. Er versteht nicht, daß in Wahrheit nur der ihn hat, der das Wort hat, in das der Gedanke hineinwächst.

Die Sprache ist die Mutter, nicht die Magd des Gedankens.

Weil ich den Gedanken beim Wort nehme, kommt er.

Ich habe manchen Gedanken, den ich nicht habe und nicht in Worte fassen könnte, aus der Sprache geschöpft.

Der Drucker setzte: »in Worten fassen könnte«. Im Gegenteil und folglich: Ich habe manchen Gedanken, den ich nicht in Worte fassen könnte, in Worten gefaßt.

Es gibt Vorahmer von Originalen. Wenn Zwei einen Gedanken haben, so gehört er nicht dem, der ihn früher hatte, sondern dem, der ihn besser hat.

Auch in der Kunst darf der Arme dem Reichen nichts nehmen; wohl aber der Reiche alles dem Armen.

Man tadelte Herrn v. H. wegen eines schlechten Satzes. Mit Recht. Denn es stellte sich heraus, daß der Satz von Jean Paul und gut war.

In Zeiten, die Zeit hatten, hatte man an der Kunst etwas aufzulösen. In einer Zeit, die Zeitungen hat, sind Stoff und Form zu rascherem Verständnis getrennt. Weil wir keine Zeit haben, müssen uns die Autoren umständlich sagen, was sich knapp gestalten ließe.

Einer, der Aphorismen schreiben kann, sollte sich nicht in Aufsätzen zersplittern.

Der Ausdruck sitze dem Gedanken nicht wie angemessen, sondern wie angegossen.

Wenn ein Gedanke in zwei Formen leben kann, so hat er es nicht so gut wie zwei Gedanken, die in einer Form leben.

Zur Entschuldigung eines Leseabends:
Literatur ist, wenn ein Gedachtes zugleich ein Gesehenes und ein Gehörtes ist. Sie wird mit Aug' und Ohr geschrieben. Aber Literatur muß gelesen sein, wenn ihre Elemente sich binden sollen. Nur dem Leser (und nur dem, der ein Leser ist) bleibt sie in der Hand. Er denkt, sieht und hört, und empfängt das Erlebnis in derselben Dreieinigkeit, in der der Künstler das Werk gegeben hat. Man muß lesen, nicht hören, was geschrieben steht. Zum Nachdenken des Gedachten hat der Hörer nicht Zeit, auch nicht, dem Gesehenen nachzusehen. Wohl aber könnte er das Gehörte überhören.

Gewiß, der Leser hört auch besser als der Hörer. Diesem bleibt ein Schall. Möge der stark genug sein, ihn als Leser zu werben, damit er nachhole, was er als Hörer versäumt hat.

Man sagt, der Autor habe einen Einfall in Worte gekleidet. Das kommt daher, daß das Schneidern eine seltenere Gabe ist als das Schreiben. Von jeder Sphäre bezieht man Worte, nur nicht von der literarischen. Was macht der Dichter aus den Worten? Bilder. Oder er bringt sie zu plastischer Wirkung. Wann aber sagt man einmal, es sei ein Gedicht, und hat das höchste gesagt? Wenn es eine Omelette surprise ist.

Wie ungemäß die Literatur dem Theater ist, zeigt die Inkongruenz von szenischem Apparat und der geistigen Geringfügigkeit seiner Anweisung: – »im Hintergrund stürzt der Kampanile ein.« An den stärksten Leistungen der Bühne hat der Autor das kleinste Verdienst: ein Federzug von dieser Hand, und neu erschaffen wird die Erde! (Wäre der Satz keine Dialogstelle, sondern eine szenische Bemerkung im Don Carlos, so würde man erst sehen, wie er zutrifft.) Nun sind solche Taten dem Theater selbst nicht organisch. Aber hat der Autor vielleicht an der schauspielerischen Leistung höheren Anteil? Hundert Seiten Psychologie und Witz können verpuffen, bis endlich unter Applaus geschieht, was jener mit den Worten vorgeschrieben hat: »geht rechts ab und bricht an der Tür schluchzend zusammen«.

Das Wort hat einen Feind, und das ist der Druck. Daß ein Gedanke dem Leser der Gegenwart nicht verständlich ist, ist dem Gedanken organisch. Wenn er aber auch dem ferneren Leser nicht verständlich ist, so trägt eine falsche Lesart die Schuld. Ich glaube unbedingt, daß die Schwierigkeiten der großen Schriftsteller Druckfehler sind, die wir nicht mehr zu finden vermögen. Weil man bisher im Bann der journalistischen Kunstauffassung gemeint hat, die Sprache diene dazu, irgend etwas »auszudrücken«, so mußte man auch glauben, daß Druckfehler nebensächliche Störungen seien, welche die Information des Lesers nicht verhindern können. Den Stoff könnten sie nicht durchlöchern, die Tendenz nicht durchbrechen, der Leser erfahre, was der Autor gemeint hat, und dieser sei ein Pedant oder ein auf die äußere Form bedachter Ästhet, wenn er mehr verlange. Sie wissen nichts von dem, was der Autor erlebt, ehe er zum Schreiben kommt; sie verstehen nichts von dem, was er im Schreiben erlebt: wie sollten sie etwas von dem ahnen, was sich zwischen Geschriebenem und Gelesenem ereignet? Dies Gebiet romantischer Gefahren, wo alle Beute des Gedankens wieder vom Zufall oder dem lauernden Intellekt der Mittelsperson abgenommen wird, ist unerforscht. Der Journalismus, dem dort aus einer freiwilligen Plattheit wenigstens eine unfreiwillige Drolligkeit entstehen mag, für die er dankbar sein sollte, spricht mit scherzendem Vorwurf von einem Druckfehlerteufel. Aber solche Seelen fängt er nicht. Sie leisten ihm ihren Tribut, es kommt ihnen nicht darauf an, denn ihr Reichtum ist unverlierbar. Arm ist der Gedanke. Er hat oft nur ein Wort, nur einen Buchstaben, nur einen Punkt. Eine Tendenz lebt, auch wenn der Teufel ihr ganzes Gehäuse davontrüge. Wenn er aber an eine Perspektive nur anstreift, dann hat er sie auch geholt.

Wenn in einem Satz ein Druckfehler stehen geblieben ist und er gibt doch einen Sinn, so war der Satz kein Gedanke.

Ein Werk der Sprache in eine andere Sprache übersetzt, heißt, daß einer ohne seine Haut über die Grenze kommt und drüben die Tracht des Landes anzieht.

Man kann einen Leitartikel, aber kein Gedicht übersetzen. Denn man kann zwar nackt über die Grenze kommen, aber nicht ohne Haut, weil die im Gegensatz zum Kleid nicht nachwächst.

Ein Gedankenstrich ist zumeist ein Strich durch den Gedanken.

Es gibt eine Originalität aus Mangel, die nicht imstande ist, sich zur Banalität emporzuschwingen.

Dient ein Name der satirischen Wirkung, so wird gern eingewendet, der Mann könne für seinen Namen nicht. Der Mann kann aber auch für seinen Talentmangel nicht. Und doch möchte ich glauben, daß er für diesen gezüchtigt werden muß. Nun würde man wieder einwenden, daß auch ein Genie so heißen könnte. Das wäre aber nicht wahr. Oder vielmehr wäre der Name dann nicht lächerlich. Hinwiederum könnte eine satirische Laune selbst an dem Namen Goethe, wenn ihn ein Tölpel geführt hätte, ein Haar finden. Wie an den Großen alles groß ist, so ist an den Lächerlichen alles lächerlich, und wenn ein Name eine Humorquelle eröffnet, so trägt der Träger die Schuld. Er heißt mit Recht so, und wenn er aus Verzweiflung in ein Pseudonym flüchtet, so wird ihn der Spott auch dort zu treffen wissen.

Im Epischen ist etwas von gefrorner Überflüssigkeit.

Ich habe gegen die Romanliteratur aus dem Grunde nichts einzuwenden, weil es mir zweckmäßig erscheint, daß das, was mich nicht interessiert, umständlich gesagt wird.

Der geistige Leser hat das stärkste Mißtrauen gegen jene Erzähler, die sich in exotischen Milieus herumtreiben. Der günstigste Fall ist noch, daß sie nicht dort waren. Aber die meisten sind so geartet, daß sie eine Reise tun müssen, um etwas zu erzählen.

Der Erzähler ist für die Leute da? Wenn die Abende lang werden? Man kürze sie ihnen anders! Ihnen noch etwas erzählen? Bevor die Nacht kommt, etwas Spannendes? Etwas in Lieferungen? Strychnin und die Folter! Der Abend dauert zu lange.

*

Zwischen den Zeilen kann höchstens ein Sinn verborgen sein. Zwischen den Worten ist Platz für mehr: für den Gedanken.

Ich beherrsche nur die Sprache der andern. Die meinige macht mit mir, was sie will.

In keiner Sprache kann man sich so schwer verständigen wie in der Sprache.

Jeder Satz müßte so oft gelesen werden, als Korrekturen sein Wachstum von der Handschrift bis zur Lektüre begleitet haben. Doch um dem Leser zu ersparen, was ihm über Kraft und Glauben geht, möchte ich jeden Satz in den zehn Verwandlungen erscheinen lassen, damit das Ganze endlich immer noch weniger gelesen als verstanden werde. Dies wäre ein in der Literatur seltener Fall. Es könnte aber von einem Nutzen sein, der den Schaden eines Jahrhunderts leicht kapierter Meinung und Unterhaltung aufwiegt.

Meine Hilflosigkeit wächst mit der Vollendung des Geschriebenen. Je näher ich an das Wort herantrete, desto mehr blutet es wie der Leichnam vor dem Mörder. Dieses Bahrgericht erspare ich mir nicht, und bedecke die Ränder einer Korrektur, der fünfzehn sorglose voraufgegangen sein mögen, mit Zeichen, die wie Wundmale sind. Ich habe immer mindestens zwei Wege, und es wäre am besten, beide und alle zu gehen. Ich werde es wohl auch noch über mich bringen, den Satz in verschiedenen Fassungen hinzusetzen, zum Nutzen des Lesers, der so gezwungen wird, einen Satz einige Male zu lesen, und zur weitesten Entfernung von jenen, die nur nach der Meinung schnappen. Bis dahin muß ich die Verantwortung für den besten von allen guten Wegen immer dem überlassen, den ich frage. Seine mechanische Entscheidung würde mir genügen, aber da ich ihm aus ähnlicher Lage viel besser helfen könnte als er mir, so mache ichs uns nicht so einfach und stürze ihn so tief in den Abgrund meiner Zweifel, daß ich an seinem Zustand sicher werde, ihn rette und so auch mich.

Kein Mensch, der eine meiner gedruckten Arbeiten absucht, wird eine Naht erkennen. Und doch war alles hundertmal aufgerissen, und aus einer Seite, die in Druck ging, mußten sieben werden. Am Ende, wenn's ein Ende gibt, ist die Gliederung so einleuchtend, daß man die Klitterung nicht sieht und an sie nicht glaubt. Schreiber, die ohnedies alles im Kopf haben und beim Schreiben nur mit der Hand beteiligt sind, sind ruchlose Manipulanten, mit denen ich nichts außer dem Alphabet gemeinsam habe, und auch das nur widerstrebend. Sie essen nicht, sondern sie halten schon weiter, weil sie ohnedies alles im Bauch haben.

Der Erzähler unterscheidet sich vom Politiker nur dadurch, daß er Zeit hat. Gemeinsam ist beiden, daß die Zeit sie hat.

Die eigenen Lorbeern ließen Herrn v. H. nicht schlafen, aber auf fremden ruhte er gern aus.

Ich weiß nicht, wie er zur Welt kam. Wenn durch Geburt, so muß eine Zange geholfen haben, und wenn sie half, so war sie aus Amethyst. Zur Amme fand er erst Zutrauen, als er sah, sie sei wie Alabaster.

Manche Talente bewahren ihre Frühreife bis ins späte Alter.

Ein Literaturprofessor meinte, daß meine Aphorismen nur die mechanische Umdrehung von Redensarten seien. Das ist ganz zutreffend. Nur hat er den Gedanken nicht erfaßt, der die Mechanik treibt: daß bei der mechanischen Umdrehung der Redensarten mehr herauskommt als bei der mechanischen Wiederholung. Das ist das Geheimnis des Heutzutag, und man muß es erlebt haben. Dabei unterscheidet sich aber die Redensart noch immer zu ihrem Vorteil von einem Literaturprofessor, bei dem nichts herauskommt, wenn ich ihn auf sich beruhen lasse, und wieder nichts, wenn ich ihn mechanisch umdrehe.

Der Dichter schreibt Sätze, die kein schöpferischer Schauspieler sprechen kann, und ein schöpferischer Schauspieler spricht Sätze, die kein Dichter schreiben konnte. Die Wortkunst wendet sich an Einen, an den Mann, an den idealen Leser. Die Sprechkunst an viele, an das Weib, an die realen Hörer. Zwei Wirkungsströme, die einander ausschalten. Der jahrhundertalte Wahnsinn, daß der Dichter auf die Bühne gehöre, bleibt dennoch auf dem Repertoire und wird jeden Abend vor ausverkauftem Haus ad absurdum geführt.

Daß sich ein Autor verbeugt, ist nicht Erniedrigung, sondern Überhebung. Was will das Bleichgesicht nach Schluß auf der Bühne? Aber vorher hatte er dort noch weniger zu tun, und es ist ein Betrug an den Schauspielern, daß man jenem die Tantièmen zahlt.

Das Verhältnis der Bühne zum Dichter ist, daß sie eben noch seine szenische Bemerkung realisieren kann.

Der Wissenschaftler bringt nichts neues. Er erfindet nur, was gebraucht wird. Der Künstler entdeckt, was nicht gebraucht wird. Er bringt das Neue.

Der Ästhet verhält sich zur Schönheit wie der Pornograph zur Liebe und wie der Politiker zum Leben.

Die Sprache tastet wie die Liebe im Dunkel der Welt einem verlorenen Urbild nach. Man macht nicht, man ahnt ein Gedicht.

In Berlin wächst kein Gras. In Wien verdorrt es.

Ich setze meine Feder an den österreichischen Leichnam, weil ich immer noch glaube, daß er Leben atmet.

Preußen: Freizügigkeit mit Maulkorb. Österreich: Isolierzelle, in der man schreien darf.

In Deutschland bilden zwei einen Verein. Stirbt der eine, so erhebt sich der andere zum Zeichen der Trauer von seinem Platze.

Eine Stadt, in der die Männer von der Jungfrau, die es nicht mehr ist, den Ausdruck gebrauchen, sie habe »es hergegeben«, verdient dem Erdboden gleichgemacht zu werden.

Um Verwechslungen vorzubeugen, unterscheidet der Wiener: »ißt« und »is«.

Man liest manchmal, daß eine Stadt soundsoviel hunderttausend »Seelen« hat, aber es klingt übertrieben. Aus demselben Grunde müßte auch mit dem System der Volkszählung nach »Köpfen« endlich gebrochen werden. Man wäre aber gegen die Statistik der Millionenziffern nicht mehr mißtrauisch, wenn ein anderer Körperteil als Einheit bei der Volkszählung verwendet würde. Niemand könnte mehr sagen, daß eine solche Schätzung – zum Beispiel bei einer Großstadt wie Wien – übertrieben sei. Die Aufnahme und Abgabe der Nahrung sind fraglos die wichtigsten Interessen, die das geistige Leben einer Bevölkerung bestimmen können. Traurig ist nur, daß sie selbst das, was ihr das Wichtigste ist, so schlecht beherrscht. Die Kultur dieser Lebensbetätigung schreitet durchaus nicht vorwärts, und wenn es auch ein Vorzug ist, ein starker Esser zu sein, so ist es doch keiner, ein lauter Esser zu sein und sich so zu gebärden, daß man die Geräusche der Behaglichkeit bis ins Ausland hört.

Wo tue ich das Gesicht nur hin? Man sinnt und sinnt und kommt nicht darauf. Aber es kann auch einer sein, den man bestimmt zum erstenmal getroffen hat. Endlich hat man ihn. Was für eine Art Mensch ist es? Er erzeugt Schuhe, oder seine Uhren sind die besten, oder kauft nur bei ihm Hüte! Ja, schon sein Gesicht, das uns von Plakaten anlächelt, uns gleichsam die versöhnliche Seite der Gasthausrechnungen zeigt, und noch von einer Wiese grüßt, an der uns die Eisenbahn vorbeiführt, – schon sein Gesicht muß als Empfehlung seiner Ware wirken. Das muß ein treuer Uhrmacher sein, ein charmanter Huterer, ein bezaubernder Schuster! Und über allen der Gummi-König! Wer könnte ihm widerstehen! Wer sollte nicht schon im Anblick dieser verläßlichen Züge sich zu einer Probe auf die Unzerreißbarkeit menschlichen Vertrauens haben verführen lassen? Dieses Gesicht, in dem sich Herzlichkeit mit Klugheit paart, ist beinahe die Liebe selbst, jene Liebe, die ausschließlich die Vorsicht zur Mutter der Weisheit macht. Aber es wird zum Gesicht des Voyeurs, das uns bis an heimliche Stätten verfolgt. Und wir möchten uns manchmal doch fragen, ob wir uns das gefallen lassen müssen. Wenn wir nämlich dieses Gesicht als eine jener Hemmungen empfinden sollten, mit denen der erotische Sinn ausnahmsweise nicht fertig wird. Wir möchten uns fragen, ob das Glück, das diese Augen verheißen, nicht ohne diese Augen genossen werden könnte, und ob nicht eine Hochzeitsreise auch ohne die Begleitung des Gummi-König denkbar wäre. Aber eine Geschmackspolizei gibt es nicht, die uns ersparen würde, mit der Ware immer gleich die Erinnerung an den trauten Händler zu beziehen. Und so schlingt sich ein Reigen markanter Persönlichkeiten durch das Leben eines Wiener Tages. Nehmen wir dazu all die bald entsetzten, bald jubelnden Physiognomien, die uns in den Annoncenrubriken tagtäglich versichern, wie trostlos das Leben ohne den Kleider-Gerstl und wie vollkommen es ist, nachdem man ihn gefunden hat, so können wir wohl sagen, daß dieses Wiener Dasein der Abwechslung starker Eindrücke nicht entbehrt.

Die Hamburger Betten haben eine hohe Kante. Man ist sicher, daß man bei stürmischer See nicht hinausfällt. Ein sinnentrückter Brauch, in dem das Volk die Tradition der Kajüte bewahrt. Die Seekrankheit pflanzt sich auf dem Lande durch Tischlergenerationen fort, und nichts ist beim Aufstehen schmerzhafter, als die Erinnerung, daß die Hamburger ein Volk von Seefahrern sind.

Auf skandinavischen Bahnen heißt es: »Ikke lene sik ud« und in Deutschland: »Nicht sich hinauslehnen!« In Österreich: »Es ist verboten, sich aus dem Fenster hinauszulehnen.« Draußen sagt man: Es ist dein eigener Schade, wenn du's tust, oder: Die Folgen hast du dir selbst zuzuschreiben. Idioten sagt man: Es ist verboten, sich umzubringen. Aus Furcht vor Strafe wird mancher es unterlassen, sich zu töten. Ein wohlverstehender sozialer Geist verbietet, was das Recht des andern kränkt. Ein mißverstehender Individualismus sagt: Was du nicht willst, daß dir geschieht, das darfst du dir auch selbst nicht zufügen. Ich lasse mir's nicht ausreden, daß das Rauchverbot in einem österreichischen Bahncoupé die Warnung vor einer Nikotinvergiftung bedeutet.

Nach Ägypten wär's nicht so weit. Aber bis man zum Südbahnhof kommt.

Hierzulande gibt es unpünktliche Eisenbahnen, die sich nicht daran gewöhnen können, ihre Verspätungen einzuhalten.

Jeder Wiener ist eine Sehenswürdigkeit, jeder Berliner ein Verkehrsmittel.

Wenn ich den Portier eines Berliner Speisehauses fragte, was die Reliefs und Friese im Stiegenraum bedeuten, so dürfte er mir antworten: »Das dient dazu, um dem Schönheitssinne Rechnung zu tragen.« Wenn ich dort einen Lumpensammler fragte, wen ein Monument vorstellt, so dürfte er mir antworten: »Der Mann hat sich um das Schulwesen verdient jemacht.« Gewiß, das sind Greuel der Zivilisation. Aber ihre Vorteile, die man in Wien genießt, wenn man auf solche Fragen immer nur die Antwort bekommt: »Sö dampfgscherter Pimpf, wer gibt denn Ihner an Fries ab!« – kriegt man mit der Zeit auch über.

Dafür, daß in einem Wiener Restaurant sechs »Speisenträger« mich fragen, ob ich »schon befohlen« habe, und kein einziger gehorcht, dafür, daß sich der Ruf »Zahlen!« echoartig fortpflanzt, ohne erhört zu werden, dafür, daß die Verteilung des Trinkgelds nach Alters-, Verdienst- und Berufskategorien alle anderen Probleme, die mir etwa durch den Kopf gehen könnten, verdrängt, dafür kann die Schönheit des äußeren Burgplatzes nur eine geringe Entschädigung bieten.

Das größte Verhängnis des Wiener Lebens ist es, Stammgast zu sein. Man muß sich für Individualitäten interessieren, für die man sich nicht interessieren mag, und wird einer Aufmerksamkeit teilhaftig, die man nicht wünscht. Der einzige Vorteil besteht darin, daß einem bei der Begrüßung sein Name zugerufen wird, den man ja immerhin in diesem Wirrwarr vergessen haben könnte und den sich nun jedenfalls die anderen Stammgäste zuverlässig merken.

Zu den ärgsten unserer barbarischen Speisesitten gehört die Zwangswiederholung des Geschmacks einer Speise für das Ansagen bei der Rechnung. Ich bin bereits lebensüberdrüssig und muß dem Kellner noch gestehen, was für ein Fleisch ich gehabt habe.

Mir wern kan Richter brauchen, um zu entscheiden, daß Wien schöner ist als Berlin. Aber das ist ja gerade das Unglück.

In Berlin geht man auf Papiermaché, in Wien beißt man auf Granit.

*

Die Großstadt soll der Individualität eine Umgebung sein. Aber wehe, wenn sie selbst Individualität hat und eine Umgebung braucht.

Das Reich ist im Stil seiner Häuser gebaut: unbewohnbar, aber schön. Man hat für Loggien gesorgt, aber man kann mit Stolz sagen, daß man die Aborte vergessen hat. Wir haben es fein: bei uns stinkts in der Loggia.

Berlin und Wien: Im Wesenlosen schaffe ich, woran mich das Unwesen hindert.

Ich habe schon gesagt, daß das Berliner Volk die Austern selbst ißt, die das Wiener Volk essen zusehen will, und daß dies der Grund ist, warum man dort ungestört Austern essen kann und das Aufsehen sich infolgedessen mehr den geistigen Vorzügen zuwendet. Ich wollte damit nicht sagen, daß Volk nicht Volk sei und daß es nicht überhaupt den Hang habe, Austern essen zu sehen. Aber da die Nordsee für Ablenkung gesorgt hat, sind Verkehrsstörungen in Berlin aus solchen Ursachen glatt unmöglich. Ich glaube, daß es der ganze Unterschied ist und daß diese Erkenntnis die Herren der Mühe entheben müßte, sich weitere kulturästhetische Gedanken zu machen.

Was Berlin von Wien auf den ersten Blick unterscheidet, ist die Beobachtung, daß man dort eine täuschende Wirkung mit dem wertlosesten Material erzielt, während hier zum Kitsch nur echtes verwendet wird.

Ich kenne ein Land, wo die Automaten Sonntagsruhe haben und unter der Woche nicht funktionieren.

*

Der Mensch wendet gegen den Hund ein, daß er Dreck sucht. Was noch mehr gegen ihn spricht, ist, daß er den Menschen sucht. Immerhin beweist er seine Höherwertigkeit dadurch, daß er nicht zum »Dreimäderlhaus« läuft.

Einen Brief absenden heißt in Österreich einen Brief aufgeben.

Dem Kampf gegen das Welsche scheint eine heimliche Sympathie für das Kauderwelsche zugrundezuliegen.

Die Zeitung in Deutschland ist immerhin eine Bedürfnisanstalt. Hier suchen sie durch Goldfische von dem eigentlichen Sinn der Verrichtung abzulenken.

»Der Wiener geht nicht unter.« Hoffnung oder Drohung? Vielleicht nur eine Höflichkeit, für »Unkraut verdirbt nicht«.

(Lesestück.) Ich kam in ein Lokal. Alle Tische waren besetzt. An einem saß nur einer. Ich nahm Platz. Eine Familie kommt. Vater, Mutter, Tochter. Die Tochter gibt der Mutter einen Stoß, diese dem Vater. Der Vater versteht nicht. Die Tochter schreibt es auf. Der Vater starrt entsetzt meinen Nachbarn an und nimmt eine Zeitung zur Hand. Mein Nachbar entfernt sich nach einer Weile. Der Vater sieht ihm nach und sagt triumphierend: »Justament hab ich mich nicht geniert und hab vor ihm die Neue Presse gelesen, zersprungen is er und weg!« Die Tochter gab der Mutter einen Stoß, diese dem Vater. Der Orkus öffnete sich und ich trat diskret ab.

Wenn ich manche Leute zurückgrüße, so geschieht es nur, um ihnen ihren Gruß zurückzugeben.

»Das Leben geht weiter«. Als es erlaubt ist.

Jetzt sind alle Gedankengänge Laufgräben. Meine gar Katakomben.

Es gibt eine Idee, die einst den wahren Weltkrieg in Bewegung setzen wird: Daß Gott den Menschen nicht als Konsumenten und Produzenten erschaffen hat. Daß das Lebensmittel nicht Lebenszweck sei. Daß der Magen dem Kopf nicht über den Kopf wachse. Daß das Leben nicht in der Ausschließlichkeit der Erwerbsinteressen begründet sei. Daß der Mensch in die Zeit gesetzt sei, um Zeit zu haben und nicht mit den Beinen irgendwo eher anzulangen als mit dem Herzen.

Was kann durch einen Weltkrieg entschieden werden? Nicht mehr, als daß das Christentum zu schwach war, ihn zu verhindern.

Mit gutem Recht ist in den Betrachtungen über Kultur und Krieg immer davon die Rede, daß die andern die Utilitarier sind. Diese Auffassung entstammt dem deutschen Idealismus, der auch die Nahrungs- und Abführmittel verklärt hat.

Die Pickelhaube ist gebildeter als der Kosak; aber er lebt nicht so weit von Dostojewski wie sie von Goethe.

Wenn dieser Krieg einer wäre, so wäre keine Presse. Und wäre der Dreck nicht von selbst erstarrt, so hätte man ihm helfen müssen. Die weißen Flecke, die spärlichen und seit Erschaffung der Institution ersten anständigen Stellen im Text, sind nur geeignet, einem die schon greifbaren und doch unerreichbaren Benefizien eines Lebens auf unbedrucktem Papier als Tantalusqualen empfinden zu lassen. Staaten, die Krieg führen, sollten auch den Mut zu einem Verbot der Presse haben. Zensur ist die grundsätzliche Anerkennung des Übels. Wann denn sonst als jetzt, da ein Kommando ihm die Autorität rettet, hätte der Staat sich endlich zur Verstaatlichung jener Nachrichten entschließen müssen, auf die das Publikum Anspruch hat und die ihm ohne die heillose Zutat von Meinung und Beschreibung in Krieg und Frieden zu genügen haben? Unentbehrlich ist die Presse selbst jenen nicht, deren Vorstellungsleben sie vergiftet hat, und schwerer als den Alkohol in Rußland hätte man sie auch nicht vermißt. Wer braucht denn die Presse außer mir, der sie aber auch nur so lange braucht, als es sie gibt! Die hunderttausend nichtsnutzigen Staatsangehörigen, die heute nur deshalb nicht wehrfähig sind, weil sie schreibfähig sind und die eine Wahnvorstellung für »unentbehrlich« hält, sind ein Hindernis des Kriegs, den sie gemacht haben, und ein Ärgernis jenen, die an ihm teilnehmen. Im Krieg eine Presse haben heißt den Feind im Rücken haben. Und von allen Seuchen, die einen Krieg begleiten, ist sie jene, deren furchtbarste Verbreitung durch das einfachste Verbot zu hemmen wäre. Sollte der Gedanke, der eine Menschheit aus ihren Lebensbedingungen reißt, nicht stark genug sein vor dem Feinde aller Staaten?

Wie wird die Welt regiert und in den Krieg geführt? Diplomaten belügen Journalisten und glauben es, wenn sie's lesen.

Es ist ein Triumph der Sprache über die Sieger, daß sie, ob sie wollen oder nicht, jetzt so oft den Plural »Schilder« anwenden, und ein Triumph der Kaufleute über die Sprache, daß sie im kommenden Frieden nur noch »Schilde« über ihren Geschäften haben werden. Und es ist nicht einmal eine Verwechslung dieser Worte, da doch der Krieg auf einer Verwechslung dieser Dinge beruht. In der gepanzerten Kommerzwelt, die täglich Blutbilanz macht, tauschen der Schild und das Schild so oft ihre Rollen wie das Verdienst und der Verdienst. Es geht umso leichter, als Berufe, die ihr Lebtag einen Verdienst und ein Schild hatten, jetzt ohne Übergang einen Schild und ein Verdienst haben.

Einer meldete: »Das Kommando wird prompt ausgeführt.« Er wollte sagen: Die Schlacht wird prompt geliefert.

Ehedem war der Krieg ein Turnier der Minderzahl und jedes Beispiel hatte Kraft. Jetzt ist er ein Maschinenrisiko der Gesamtheit und jedes Beispiel steht in der Zeitung.

Die Quantität ist kein Gedanke. Aber daß sie ihn fraß, ist einer.

»Bleiben Sie denn unbewegt vor den vielen, die jetzt sterben?« »Ich beweine die Überlebenden und ihrer sind mehr.«

»Es handelt sich in diesem Krieg –« »Jawohl, es handelt sich in diesem Krieg!«

Ich begreife, daß einer Baumwolle für sein Leben opfert. Aber umgekehrt?

Die Völker, die noch den Fetisch anbeten, werden nie so tief sinken, in der Ware eine Seele zu vermuten.

Wir Menschen sind doch bessere Wilde.

Im Sagenkreis des Deutschtums wird dereinst ein großes Durcheinander entstehen zwischen Kyffhäuser und Kaufhäuser.

In der deutschen Bildung nimmt den ersten Platz die Bescheidwissenschaft ein.

Die deutschen Dichter haben das Talent, nicht den Mund halten zu können.

Die Sprache seelischer Zerrüttung, die die Aufschriften über Meldungen aus Feindesland seit Jahr und Tag führen – Besorgnisse im Vierverband, Entmutigung in Frankreich, Beklemmungen in Rußland, Zerknirschung in England, Reue in Belgien, Enttäuschung in Italien, Demoralisation in Serbien, Verzweiflung in Montenegro, Mißtrauen in Frankreich gegen Rußland, Verstimmung von Rußland über England, Zweifel in London, Paris, Rom und Petersburg –, hat kürzlich für die Mitteilung, daß ein Heerführer von neuem erhebliche Verstärkungen »erbat«, den Titel gefunden: »Die Engländer e r b e t e n neue Verstärkungen für die Dardanellen«. Den Feinden ist in all dem Elend, in das sie ihr Deutschenhaß gestürzt hat, nur der eine Trost geblieben, daß ihre Besieger nicht deutsch können.

Die falschesten Argumente können einen richtigen Haß beweisen.

Die Wurzel des innereuropäischen Übels ist, daß sich das Lebensmittel über den Lebenszweck erhob und daß der Händler, anstatt wie es sich gebührte ein Leibeigener zu sein, der Herr des Geistes wurde.

Vae victoribus!

Es hängt letzten Endes von den Diplomaten ab, wie der Volksruf: »Nieder mit den —!« auszufüllen ist. Das Nichtgewünschte bitte zu durchstreichen. Ich fühle international.

Ein großer Moment hat schon oft ein kleines Geschlecht gefunden, noch nie aber hat ein so kleines Geschlecht eine so große Zeit gefunden.

Im Krieg gesundet die Menschheit? Wenn sie nicht den Krieg ansteckt!

Wohl ist der Krieg besser als der Friede. Aber der Friede dauert länger.

Das Übel gedeiht nie besser, als wenn ein Ideal davorsteht.

Zu einer jungen Krankenpflegerin: »Nein, ich bin nicht dafür.« »Warum?« »Weil ich Ihnen nicht sagen darf, warum ich dagegen bin.«

»Von allen möchte ich doch noch am liebsten die zu Feinden haben.« »Aber nicht zu Freunden!«

Die deutsche Sprache ist die tiefste, die deutsche Rede die seichteste.

Manchen Punkt wüßte ich noch, der erfolgreich mit Bomben belegt werden könnte. Aber folgt man mir denn?

Ein rechter Krieg wäre erst, wenn nur die, die nicht taugen, in ihn geschickt würden.

Es ist in alten Mären, auf welche die Nibelungentreue zurückzuführen ist, der Wunder viel geseit. Aber was sind diese gegen die wunderbaren, märchenhaften Verbindungen und Kontraste der blutlebendigen Gegenwart? Denn: Noch nicht einmal telephonieren können und nichts als telephonieren können – das mag wohl zwei Welten ergeben; aber läßt es eigentlich ihre seelische Verbindung zu, da kaum eine telephonische zustandekommen könnte? Lassen sich zwei Wesen Schulter an Schulter denken, deren eines die Unordnung zum Lebensinhalt hat und nur aus Schlamperei noch nicht zu bestehen aufgehört hat, und deren anderes in nichts und durch nichts besteht als durch Ordnung?

Immer schon habe ich es draußen in der Welt ungemütlich gefunden. Wenn ich trotzdem so oft hinausgereist bin, so geschah es nur, weil ich es hier gemütlich gefunden habe.

Bei Kriegsausbruch scheint es in Paris zugegangen zu sein, wie in Wien nach Konzertschluß.

La bourse est la vie.

Nichts hat sich geändert, höchstens, daß man es nicht sagen darf.

Jetzt sprechen hat entweder zur Voraussetzung, daß man keinen Kopf hat, oder zur Folge.

Wenn man von einem Krieg der Quantitäten spricht, bejaht man scheinbar die Notwendigkeit des Krieges als solchen, der ja immerhin das Problem der Übervölkerung auf eine Zeit in Ordnung bringen mag. Aber wäre dieser edle Zweck nicht schmerzloser durch die Freigabe der Fruchtabtreibung zu erreichen? »Dazu würde die herrschende Moralauffassung« – höre ich eben diese sagen – »nie ihre Zustimmung geben!« Das habe ich mir auch nicht eingebildet, da die herrschende Moralauffassung nur dazu ihre Zustimmung gibt, daß Frauen Kinder bekommen, damit diese von Fliegerbomben zerrissen werden!

Ein Franktireur ist ein Zivilist, der mit Absicht einen Bewaffneten angreift. Ein Flieger ist ein Bewaffneter, der durch Zufall einen Zivilisten tötet.

Ich glaube: Daß dieser Krieg, wenn er die Guten nicht tötet, wohl eine moralische Insel für die Guten herstellen mag, die auch ohne ihn gut waren. Daß er aber die ganze umgebende Welt in ein großes Hinterland des Betrugs, der Hinfälligkeit und des unmenschlichsten Gottverrats verwandeln wird, indem das Schlechte über ihn hinaus und durch ihn fortwirkend, hinter vorgeschobenen Idealen fett wird und am Opfer wächst. Daß sich in diesem Krieg, dem Krieg von heute, die Kultur nicht erneuert, sondern nur durch Selbstmord vor dem Henker rettet. Daß er mehr war als Sünde: daß er Lüge war, tägliche Lüge, aus der Druckerschwärze floß wie Blut, eins das andere nährend, auseinanderströmend, ein Delta zum großen Wasser des Wahnsinns. Daß dieser Krieg von heute nichts ist als ein Ausbruch des Friedens, und daß er nicht durch Frieden zu beenden wäre, sondern durch den Krieg des Kosmos gegen diesen hundstollen Planeten! Daß Menschenopfer unerhört fallen mußten, nicht beklagenswert, weil sie ein fremder Wille zur Schlachtbank trieb, sondern tragisch, weil sie eine unbekannte Schuld zu büßen hatten. Daß für einen, der das beispiellose Unrecht, das sich noch die schlechteste Welt zufügt, als Tortur an sich selbst empfindet, nur die letzte sittliche Aufgabe bleibt: mitleidslos diese bange Wartezeit zu verschlafen, bis ihn das Wort erlöst oder die Ungeduld Gottes.

»Auch Sie sind ein Optimist, der da glaubt und hofft, daß die Welt untergeht.«

Nein, sie verläuft nur wie mein Angsttraum, und wenn ich erwache, ist alles vorbei.

Man lebt nicht einmal einmal.

Sonnenuntergang, Einsamkeit und drei Kaftans am Strand von Norderney. Wenn die Sonne ins Meer taucht und die Farben ihres Abschieds über den Horizont breitet, mischen sich die drei schwarzen Punkte hinein, als ob sie zum Spektrum gehörten. Die Unveränderlichkeit der Dinge, zweifach veranschaulicht. Welche ist ewiger?

Besser, es wird einem nichts gestohlen. Dann hat man wenigstens keine Scherereien mit der Polizei.

Ein Rezensent, der zu den passenden Worten immer ein Urteil findet.

Je größer der Stiefel, desto größer der Absatz.

Es war die Art des großen Komikers Knaack: Mit Scherz Entsetzen treiben.

Er läßt sich seinen Ärger beim Essen durch keinen Appetit verderben.

»Würde« ist die konditionale Form von dem, was einer ist.

Wes das Herz leer ist, des gehet der Mund über.

Ein Witzbold: Kopfjucken ist keine Gehirntätigkeit.

Ein skrupelloser Maler, der unter dem Vorwand, eine Frau besitzen zu wollen, sie in sein Atelier lockt und dort malt.

Sie ist mit einer Lüge in die Ehe getreten. Sie war eine Jungfrau und hat es ihm nicht gesagt!

Wir leben in einer Gesellschaft, die Monogamie mit Einheirat übersetzt.

Die Medizin: Geld her und Leben!

Die Deutschen – das Volk der Richter und Henker.

Bevor man das Leben über sich ergehen läßt, sollte man sich narkotisieren lassen.

*

Die Mystiker übersehen manchmal, daß Gott Alles ist, nur kein Mystiker.

Der Unsterbliche erlebt die Plage aller Zeiten.

Schein hat mehr Buchstaben als Sein.

Wiewohl ich viele Leute gar nicht kenne, grüße ich sie nicht.

Die kleinen Stationen sind sehr stolz darauf, daß die Schnellzüge an ihnen vorbei müssen.

Ein Schein von Tiefe entsteht oft dadurch, daß ein Flachkopf zugleich ein Wirrkopf ist.

Die Nachwelt wird ihnen vorenthalten, was die Mitwelt an ihnen gut gemacht hat.

Ein Original ist heute, wer zuerst gestohlen hat.

Ein Plagiator sollte den Autor hundertmal abschreiben müssen.

Die jungen Leute sprechen so viel vom Leben, weil sie es nicht kennen. Es würde ihnen die Rede verschlagen.

Ein Wolf im Wolfspelz. Ein Filou, unter dem Vorwand es zu sein.

Haß muß produktiv machen. Sonst ist es gleich gescheiter, zu lieben.

Der Skeptizismus hat sich vom »Que sais-je?« bis zum »Weiß ich?« entwickelt.

»Eine ungarische Lebedame in Paris wegen unsittlichen Lebenswandels verhaftet«: die Schlange im Paradies muß sich einmal in den Schwanz gebissen haben.

Ich bin nicht für die Frauen, sondern gegen die Männer.

Es gibt Persönlichkeiten im Staat, von denen man nichts anderes weiß, als daß sie nicht beleidigt werden dürfen.

Auch der Wurm krümmt sich, wenn er getreten wird. Wenn er aber von einem Wachmann getreten wird, begeht er öffentliche Gewalttätigkeit.

Eine der verbreitetsten Krankheiten ist die Diagnose.

Ich esse gierig aus Gier nach dem Nichtessen.

Einer, der mir Erinnerungen zu erzählen anfing, hatte dabei eine Stimme, die knarrte wie das Tor der Vergangenheit.

Ich lasse den Wachmann nach der Musik, die er verbietet, tanzen.

Sein Lachen ist ein Regulativ des Irrsinns der Welt.

In einem Zimmer mit Aussicht auf das Meer hat mich am ersten Morgen ein Choral geweckt. Ein Geräusch von Brandung und Predigt, und ich weiß nicht mehr, wie es kam, daß ich wieder einschlief und von den Kreuzzügen träumte. Unten riß Bernhard von Clairvaux das Volk hin. Immer wieder klang es wie »Spondeo« und wie »Benedicamus domino«. Dann unverständlich und dumpf wie zum Tag des Gerichts der Ruf »Porelebá! Porelebá!«, der mich aus dem Schlaf riß. Es war wie die gereckte Faust einer fanatisierten Menge, Weh und Wut war darin. Und dennoch drang eine sanfte Stimme durch, die unaufhörlich »Delimel! Delimel!« klagte, wie Philomelens oder eines Kindes, das im heiligen Gedränge die Mutter verloren hatte. Es war, als ob die Menschheit auf der Wanderung wäre. Ich horchte angestrengt hin und glaubte nun etwas zu unterscheiden wie »Lömatän! Löschurnal!«. Da riß sich einer los, ekstatisch, und rief mit unerhörter, zur Tat aufreißender Entschlossenheit: »Sésonostánd!« Aber das Brausen verschlang auch ihn, und die Antwort war wieder nur »Porelebá! Porelebá!« und immer wieder mit der seltsamen Kraft der Seele und schon verzagend: »Delimel! Delimel!« Nun aber schien sich alles zu sammeln, es stieg wie Dank zum Himmel hinauf und eine Stimme sang »Exzelsior!« Da – ich weiß nicht, wie mir wird – löst sich etwas wie »Kölnische, Frankfurter!«, und wie wenn das finstere Mittelalter von meiner Stirn wiche, ruft es: »Neue Freie Presse, Neues Wiener Tagblatt, Neues Wiener Journal!« Ich öffne das Fenster und lasse Gottes Wunder einströmen.

Und wenn die Erde erst ahnte, wie sich der Komet vor der Berührung mit ihr fürchtet!

*

In der Schöpfung ist die Antithese nicht beschlossen. Denn in ihr ist alles widerspruchslos und unvergleichbar. Erst die Entfernung der Welt vom Schöpfer schafft Raum für die Sucht, die jedem Gegenteil das verlorene Ebenbild findet.

In Wien, grünenden Lebens voll, welken die Automaten.

(Georg Trakl zum Dank für den Psalm.) Siebenmonatskinder sind die einzigen, deren Blick die Eltern verantwortlich macht, so daß diese wie ertappte Diebe dasitzen neben den Bestohlenen. Sie haben den Blick, der zurückfordert, was ihnen genommen wurde, und wenn ihr Denken aussetzt, so ist es, als suchte es den Rest, und sie starren zurück in die Versäumnis. Andere gibt es, die denkend solchen Blick annehmen, aber den Blick, der dem Chaos erstatten möchte, was sie zu viel bekommen haben. Es sind die Vollkommenen, die fertig wurden, als es zu spät war. Sie sind mit dem Schrei der Scham auf eine Welt gekommen, die ihnen nur das eine, erste, letzte Gefühl beläßt: Zurück in deinen Leib, o Mutter, wo es gut war!

Woodie, ein kleiner Hund mit langen Haaren, den ich persönlich gekannt habe, er lachte, wenn die Menschen zu ihm sprachen, und weinte, weil er mit ihnen nicht sprechen konnte, und sein Blick war für sich und sie der Dank der Kreatur – ist von einem Automobil getötet worden. Wer hatte es so eilig. Soll das bißchen Raum zwischen Menschenleibern, das solch ein Passant in Anspruch nahm – er konnte sich eng machen wie eine Schlange – nun besser verwendet werden? Die Würdigen büßen dafür, daß die andern unwürdig fortleben. Warum doch, da auch dieses Beispiel die Schlechten nicht bessert? Jener ging seines Weges und starb daran. Als die Frau sich umwandte, lag er in der Sonne. Wo Leben keine Worte hatte, bleibt viel Stille zurück.

Wenn Tiere gähnen, haben sie ein menschliches Gesicht.

So würdig wie das Pferd die Schmach, erträgt sein Herr die Würde nicht.

Der Einsame: Nichts ist ein besserer Ersatz für die Liebe als die Vorstellung.
Das Echo: Nichts ist ein besserer Ersatz für die Liebe als die Vorstellung.

Eines Dichters Sprache, eines Weibes Liebe – es ist immer das, was zum erstenmal geschieht.

Ein Sprichwort entsteht nur auf einem Stand der Sprache, wo sie noch schweigen kann.

Umgangssprache entsteht, wenn sie mit der Sprache nur so umgehn; wenn sie sie wie das Gesetz umgehen; wie den Feind umgehen; wenn sie umgehend antworten, ohne gefragt zu sein. Ich möchte mit ihr nicht Umgang haben; ich möchte von ihr Umgang nehmen; die mir tags wie ein Rad im Kopf umgeht; und nachts als Gespenst umgeht.

Das Unverständliche in der Wortkunst – in den anderen Künsten verstehe ich auch das Verständliche nicht – darf nicht den äußeren Sinn berühren. Der muß klarer sein, als was Hinz und Kunz einander zu sagen haben. Das Geheimnisvolle sei hinter der Klarheit. Kunst ist etwas, was so klar ist, daß es niemand versteht. Daß über allen Gipfeln Ruh' ist, begreift jeder Deutsche und hat gleichwohl noch keiner erfaßt.

Worüber ich nicht wegkomme: Daß eine ganze Zeile von einem halben Menschen geschrieben sein könne. Daß auf dem Flugsand eines Charakters ein Werk erbaut wäre.

An dem Unechten ist das Echte einer Steigerung fähig.

Den Mangel, daß das Genie einer Familie entstammt, kann es nur dadurch wettmachen, daß es keine hinterläßt.

Kindspech ist eben das, womit man auf die Welt kommt.

Ein dick aufgetragener Vaterstolz hat mir immer den Wunsch eingegeben, daß der Kerl wenigstens Schmerzen der Zeugung verspürt hätte.

Wider besseres Wissen die Wahrheit zu sagen, sollte für ehrlos gelten.

Mein Unbewußtes kennt sich im Bewußtsein eines Psychologen weit besser aus als dessen Bewußtsein in meinem Unbewußten.

Es mag Kriege gegeben haben, in denen Körperliches für Geistiges eingesetzt wurde. Aber nie zuvor hat es einen gegeben, in dem nur die Abwesenheit des Geistigen verhindert hat, dieses für Körperliches einzusetzen.

Nein, der Seele bleibt keine Narbe zurück. Der Menschheit wird die Kugel bei einem Ohr hinein und beim andern herausgegangen sein.

Da Ornament und Redeblume am liebsten von einer Zeit getragen werden, deren Wesen dem verlorenen Sinn dieser Formen widerstrebt, und umso lieber, je weiter sie jenem Sinn entwachsen ist, ihr eigener Inhalt aber nie imstande sein wird, neue Ornamente und Redeblumen zu schaffen, so wird ein Staat noch »zum Schwerte greifen«, wenn es ihm schon längst geläufig sein wird, zum Gas zu greifen. Kann man sich denken, daß solcher Entschluß je zur Redensart werden könnte? Es sollte Aufschluß über die Technik geben, daß sie zwar keine neue Phrase bilden kann, aber den Geist der Menschheit in dem Zustand beläßt, die alte nicht entbehren zu können. In diesem Zweierlei eines veränderten Lebens und einer mitgeschleppten Lebensform lebt und wächst das Weltübel. Die Zeit ist nicht phrasenbildend, aber phrasenvoll; und eben darum, aus heillosem Konflikt mit sich selbst, muß sie immer wieder zum Schwerte greifen. Die neue Begebenheit wird keine Redensart hervorbringen, wohl aber die alte Redensart die Begebenheit!

Sollte »Schlachtbank« nicht vielmehr von der Verbindung der Schlacht mit der Bank herkommen?

Was jetzt die größte Rolle spielt, das spielt jetzt keine Rolle: Blut und Geld.

Nein, den Generaldirektoren braucht ihr Braven nicht die vorschriftsmäßige Ehrenbezeigung zu leisten. Wenngleich sie euch in den Krieg geführt haben.

Klerus und Krieg: man kann auch den Mantel der Nächstenliebe nach dem Winde hängen.

Wer den Patrioten des andern Landes für einen Lumpen hält, dürfte ein Dummkopf des eigenen sein.

Grüßen sie einander oder greifen sie an ihre Stirn? Andere wieder schütteln die Köpfe.

Viele, die am 1. August 1914 begeistert waren und Butter hatten, haben gehofft, daß am 1. August 1917 noch mehr Butter sein werde. An die Begeisterung können sie sich noch erinnern.

Das muß man zugeben: wo die Deutschen hinkommen, machen sie ihre Sache ordentlich. Wenn's auch nicht immer ihre, sondern manchmal eine fremde Sache ist.

Um einen Bahnhof sicher zu treffen, sollte man auf einen Tiepolo zielen.

Was helfen uns die Flammenwerfer, wenn die Zündhölzchen ausgehen!

Kriege und Geschäftsbücher werden mit Gott geführt.

Alle Vorräte, an Getreide, Mehl, Zucker, Kaffee und so weiter, sind nach einander gestreckt worden. Mit den Waffen wär's noch zu probieren.

Soldaten, die nicht wissen, wofür sie kämpfen, wissen doch einmal, wofür sie nicht kämpfen.

Es geht weiter. Das ist das einzige, was weiter geht.

Die Technik: Automobil im wahren Sinn des Wortes. Ein Ding, das sich nicht bloß ohne Pferd, sondern auch ohne den Menschen fortbewegt. Nachdem der Chauffeur den Wagen angekurbelt hatte, wurde er von ihm überfahren. Nun geht es so weiter.

Die Quantität läßt nur noch einen Gedanken zu: abzubröckeln.

Die Quantität verhindert auch jede Auflehnung gegen sie. Nicht die Drohung, sondern das Dasein des Maschinengewehrs unterdrückt die Besinnung der Menschenwürde. Revolvertaten, als die Antwort aus der so entwickelten Maschine selbst, haben keine Fortsetzung. Die Tat als Beispiel ist in der technischen Entwicklung nur bis zu Tells Geschoß vorgesehen. Bis dahin geht die Seele noch mit.

Passende Wüste für Fata Morgana gesucht.

Der Aphorismus deckt sich nie mit der Wahrheit; er ist entweder eine halbe Wahrheit oder anderthalb.

Das Vorurteil ist ein unentbehrlicher Hausknecht, der lästige Eindrücke von der Schwelle weist. Nur darf man sich von seinem Hausknecht nicht selber hinauswerfen lassen.

Was sind alle Orgien des Bacchus gegen die Räusche dessen, der sich zügellos der Enthaltsamkeit ergibt!

Wie abwechslungsvoll muß das Dasein eines Menschen sein, der durch zwanzig Jahre täglich auf demselben Sessel eines Wirtshauses gesessen hat!

Ein Leierkasten spielt zu jedem Schmerz die Melodie.

Man glaubt gar nicht, wie schwer es oft ist, eine Tat in einen Gedanken umzusetzen!

Ein selbstbewußter Künstler hätte dem Fiesko zugerufen: Ich habe gemalt, was du nur tatest!

Die Moralheuchler sind nicht darum hassenswert, weil sie anders tun, als sie bekennen, sondern weil sie anders bekennen, als sie tun. Wer die Moralheuchelei verdammt, muß peinlich darauf bedacht sein, daß man ihn nicht für einen Freund der Moral halte, die jene doch wenigstens insgeheim verraten. Nicht der Verrat an der Moral ist sträflich, sondern die Moral. Sie ist Heuchelei an und für sich. Nicht daß jene Wein trinken, sollte enthüllt werden, sondern daß sie Wasser predigen. Widersprüche zwischen Theorie und Praxis nachzuweisen ist immer mißlich. Was bedeutet die Tat aller gegen den Gedanken eines einzigen? Der Moralist könnte es ernst meinen mit dem Kampf gegen eine Unmoral, der er selbst zum Opfer gefallen ist. Und wenn einer Wein predigt, mag man ihm sogar verzeihen, daß er Wasser trinkt. Er ist mit sich im Widerspruch, aber er macht, daß mehr Wein getrunken wird in der Welt.

Herr, vergib ihnen, denn sie wissen, was sie tun!

Ich habe, Gott sei Dank, oft übers Ziel und selten neben das Ziel geschossen.

Eine Antithese sieht bloß wie eine mechanische Umdrehung aus. Aber welch ein Inhalt von Erleben, Erleiden, Erkennen muß erworben sein, bis man ein Wort umdrehen darf!

Bald sind es zehn Jahre, daß ich nicht mehr zu mir selbst gekommen bin. Als ich das letzte Mal zu mir kam, gründete ich ein Kampfblatt.

Ich und meine Öffentlichkeit verstehen uns sehr gut: sie hört nicht, was ich sage, und ich sage nicht, was sie hören möchte.

Mein Wunsch, man möge meine Sachen zweimal lesen, hat große Erbitterung erregt. Mit Unrecht; der Wunsch ist bescheiden. Ich verlange ja nicht, daß man sie einmal liest.

Die Leute verstehen nicht deutsch; und auf journalistisch kann ich's ihnen nicht sagen.

Die einzige Konzession, zu der man sich etwa noch herbeilassen könnte, wäre die, sich so weit nach den Wünschen des Publikums zu richten, daß man das Gegenteil tut. Aber ich tue es nicht, weil ich keine Konzessionen mache und eine Sache selbst dann schreibe, wenn sie das Publikum erwartet.

Ich bin so frei, alles Glück der Koterien mir selbst zu bereiten.

Ich kann einen Festzug oder eine gewisse Sorte von Theaterstücken nur dann nach ihrem ästhetischen und kulturellen Wert beurteilen, wenn ich nicht dabei war. Sonst unterliege ich einer beliebigen Nervenwirkung und rede wie der Blinde von der Farbe. Musik besticht die Kritik, und wie leicht kann Glockenläuten einen zur Duldung einer Nichtigkeit bringen! Um mir also ein objektives Urteil zu bewahren, darf ich gewissenhafterweise nicht unterlassen, dem Schauspiel fernzubleiben.

Ich schnitze mir den Gegner nach meinem Pfeil zurecht.

Pest und Erdbeben sind große Themen. Wie kleinlich, Gliederreißen als Symptom der Pest zu erkennen und sich bei einer Trübung des Quellwassers aufzuhalten, die ein Erdbeben anzeigt! Wie kleinlich, den Weltekel zu fühlen, wenn ein Schmock vorübergeht!

Die wahre Treue gibt eher einen Freund preis als einen Feind.

Ich war selten verliebt, immer verhaßt.

Halte deine Leidenschaften in Zaum, aber hüte dich, deiner Vernunft die Zügel schießen zu lassen.

Eine Notlüge ist immer verzeihlich. Wer aber ohne Zwang die Wahrheit sagt, verdient keine Nachsicht.

Sinnlichkeit des Weibes lebt so wenig vom Stoff wie männliche Künstlerschaft. Je nichtiger der Anlaß, desto größer die Entfaltung. Der Geist ist an kein Standesvorurteil gebunden und die Wollust hat Perspektive.

Selbstbespiegelung ist erlaubt, wenn das Selbst schön ist. Sie erwächst zur Pflicht, wenn der Spiegel gut ist.

Die Persönlichkeit hat ein Recht zu irren. Der Philister kann irrtümlich recht haben.

Der Klügere gibt nach, aber nur einer von jenen, die durch Schaden klug geworden sind.

Auf einem Kostümfest hofft jeder der Auffallendste zu sein; aber es fällt nur der auf, der nicht kostümiert ist. Sollte das nicht einen Vergleich geben?

Das ist noch immer nicht die richtige Einsamkeit, in der man mit sich beschäftigt ist.

Wer offene Türen einrennt, braucht nicht zu fürchten, daß ihm die Fenster eingeschlagen werden.

Gedanken sind zollfrei. Aber man hat doch Scherereien.

Der gesunde Menschenverstand sagt, daß er mit einem Künstler bis zu einem bestimmten Punkt »noch mitgeht«. Der Künstler sollte auch bis dorthin die Begleitung ablehnen.

Der »starre Buchstabe des Gesetzes«? Das Leben selbst ist zum Buchstaben erstarrt, und was bedeutet neben solchem Zustand die Leichenstarre der Gesetzlichkeit!

Der Philosoph denkt aus der Ewigkeit in den Tag, der Dichter aus dem Tag in die Ewigkeit.

In einem geordneten geistigen Haushalt sollte ein paarmal im Jahr ein gründliches Reinemachen an der Schwelle des Bewußtseins stattfinden.

Willst du ein klares Urteil über deine Freunde gewinnen, so frage deine Träume.

Wer zu den Dingen in seinem Zimmer eine persönliche Beziehung gewonnen hat, rückt sie nicht gern von der Stelle. Ehe ich ein Buch aus meiner Bibliothek leihe, kaufe ich lieber ein neues. Sogar mir selbst, dem ich auch nicht gern ein Buch aus meiner Bibliothek leihe. Ungelesen an Ort und Stelle, gibt es mir mehr als ein gelesenes, das nicht da ist.

Was könnte noch reizvoller sein als die Spannung, wie der Ort aussehen wird, den ich mir so oft vorgestellt habe? Die Spannung: wie ich meine Vorstellung wiederherstelle, nachdem ich ihn gesehen habe.

Seit vielen Jahren schon versäume ich den Frühling. Aber dafür habe ich ihn zu jeder Jahreszeit, sobald ich die Stimmung eines Tags der Kindheit mir hervorhole, mit dem jähen Übergang vom Einmaleins zu einem Gartenduft von Rittersporn und Raupen. Da ich vermute, daß es dergleichen nicht mehr gibt, halte ich persönliche Erfahrungen in diesem Punkte geflissentlich von mir fern.

Es sollte verlockend sein, das Vorstellungsleben eines Tages der Kindheit wiederherzustellen. Der Pfirsichbaum im Hofe, der damals noch ganz groß war, ist jetzt schon sehr klein geworden. Der Laudonhügel war ein Chimborasso. Nun müßte man sich diese Dimensionen der Kindheit wieder verschaffen können. In einem Augenblick vor dem Einschlafen gelingt das der Phantasie manchmal. Plötzlich ist alles wieder da. Ein Fuchsfell als Bettvorleger wirkt ganz schreckhaft, der Hund in der Nachbarvilla bellt, eine Erinnerungswelle aus dem Schulzimmer trägt einen Duft von

Graphit heran und einen Klang des Liedes »Jung Siegfried wa-a-ar ein tapferer Held«, der Lehrer streicht die Fiedel, als ob er der leibhaftige Volker wäre, das alte Herzklopfen, weil man »drankommen« könnte, im Garten blüht Rittersporn, kuhwarme Milch, erste Gleichung mit einer Unbekannten, erste Begegnung mit einer Unbekannten, das Temporufen des Schwimmeisters, Cholera in Ägypten und die Scheu, in der Zeitung die Namen der Städte Damiette und Rosette (mit täglich zweihundert Toten) zu lesen, weil sie ansteckend wirken könnten, der Geruch eines ausgestopften Eichhörnchens und in der Ferne ein Leierkasten, der die Novität »Nur für Natur« oder »Er soll dein Herrn sein« spielt. Alles das in einer halben Minute. Wer nicht imstande ist, es herbeizurufen, wenn er will, kann sich sein Schulgeld zurückgeben lassen. Ein gutes Gehirn muß kapabel sein, jedes Fieber der Kindheit so mit allen Erscheinungen sich vorzustellen, daß erhöhte Temperatur eintritt.

Eine Welt von Wohllaut ist versunken, und ein krähender Hahn bleibt auf dem Repertoire.

Aus Lebensüberdruß zum Denken greifen: ein Selbstmord, durch den man sich das Leben gibt.

»Sich keine Illusionen mehr machen«: da beginnen sie erst.

Man muß oft erst nachdenken, worüber man sich freut; aber man weiß immer, worüber man traurig ist.

Ich habe beobachtet, daß die Schmetterlinge aussterben. Oder werden sie nur von den Kindern gesehen? Als ich zehn Jahre alt war, verkehrte ich auf den Wiesen von Weidlingau ausschließlich mit Admiralen. Ich kann sagen, daß es der stolzeste Umgang meines Lebens war. Auch Trauermantel, Tagpfauenauge und Zitronenfalter machten einem das junge Leben farbig. Vanessa Io, Vanessa cardui – Vanitas Vanitatum! Als ich nach manchem Jahr wiederkam, waren sie alle verschwunden. Die Mittagssonne dröhnte wie ehedem, aber kein Farbenschimmer war sichtbar, dafür lagen Fetzen von Zeitungen auf der Wiese. Später erfuhr ich, daß man das Holz der Wälder zur Herstellung des Druckpapiers gebraucht hatte, und daß bei der Fülle der Informationen die Schmetterlinge im Übersatz bleiben mußten. Ein Freund unseres Blattes sendet uns den letzten Schmetterling, und einer unserer Mitarbeiter hatte Gelegenheit, ihn auf die Feder zu spießen und nach den Ursachen seiner Vereinsamung zu fragen. Die Welt flieht vor den Farben der Persönlichkeit, man schützt sich, indem man sich organisiert. Nur die Schmetterlinge haben es unterlassen, sich zu organisieren. So kam es, daß an den Blumenkelchen jetzt Redakteure nippen, schillernde Feuilletonisten. Selbst die eintönigen Kohlweißlinge, mit denen der Journalismus wegen einer gewissen Verwandtschaft noch am ehesten hätte paktieren können, mußten weichen. Der Vernichtungskampf gegen die Flieger bezeichnet den Triumph der Zeitungskultur. Falter und Frauen, Schönheit und Geist, Natur und Kunst bekommen es zu spüren, daß ein Sonntagsblatt hundertfünfzig Seiten hat. Mit Fliegenprackern schlägt die Menschheit nach den Schmetterlingen. Wischt sich den farbigen Staub von den Fingern. Denn sie müssen rein sein, um Druckerschwärze anzurühren.

Wenn es nur endlich finster wäre in der Natur! Dieses elende Zwielicht wird uns noch allen die Augen verderben.

*

Weh der Zeit, in welcher Kunst die Erde nicht unsicher macht und vor dem Abgrund, der den Künstler vom Menschen trennt, dem Künstler schwindlig wird und nicht dem Menschen!

Kunst bringt das Leben in Unordnung. Die Dichter der Menschheit stellen immer wieder das Chaos her.

Der moderne Weltuntergang wird sich so vollziehen, daß gelegentlich der Vervollkommnung der Maschinen sich die Betriebsunfähigkeit der Menschen herausstellt. Den Automobilen gelingt es nicht, die Chauffeure vorwärts zu bringen.

Der Fortschritt feiert Pyrrhussiege über die Natur.

Der Fortschritt macht Portemonnaies aus Menschenhaut.

Immerhin haben wir siebzig freisinnige Abgeordnete. Das ist viel, wenn man bedenkt, daß es nur noch zehn Tagpfauenaugen gibt.

Wenn eine Kultur fühlt, daß es mit ihr zu Ende geht, läßt sie den Priester kommen.

Wer weiß, was bei uns zuhause vorgeht, wenn niemand im Zimmer ist? Man kann freilich nicht wissen, ob es Geister gibt. Denn sie sind eben in dem Augenblick, wo das Wissen beginnt, auch schon vertrieben.

Die wahre Metaphysik beruht in dem Glauben, daß einmal Ruhe wird. Der Gedanke an eine Auferstehung der Fleischer widersteht ihr.

Wenn die ersten Enttäuschungen kommen, genießt man den Lebensüberdruß in vollen Zügen, man ist ein Springinsfeld des Todes und leicht bereit, dem Augenblick alle Erwartung zu opfern. Später erst reift man zu einer Gourmandise des Selbstmords und erkennt, daß es immer noch besser ist, den Tod vor sich als das Leben hinter sich zu haben.

Die Gerechtigkeit ist immer gerecht. Sie meint, daß das Recht ohnedies Recht habe; folglich gibt sie's dem Unrecht.

Phantasie macht nicht Luftschlösser, sondern Luftschlösser aus Baracken.

Der Künstler soll mehr erleben? Er erlebt mehr!

Wenn nur einer da ist, der die Presse nicht totschweigt – das weitere wird sich finden.

Ich glaube nicht, daß ich zu jenen Autoren zähle, für deren Verbreitung dreißig Jahre, nachdem sie außer Stand gesetzt sind, Honorar zu bekommen und Korrekturen zu lesen, der Staat gesorgt hat. Sollte es wider Wunsch und Erwarten dennoch der Fall sein, daß auch an mir diese Wohltat versucht wird, und sich also ein Verleger oder Drucker finden, der um das Honorar zu bekommen an meiner Statt die Korrekturen nicht liest, so nehme er meinen Fluch als Vorwort, schon heute, also zu einer Zeit, wo ich es noch redigieren kann. Denn mir liegt auch dreißig Jahre nach meinem Tode mehr an einem Komma, das an seinem Platz steht, als an der Verbreitung des ganzen übrigen Textes. Und gerade darum glaube ich, daß ich zu jenen Autoren zähle, die vom Ablauf der Schutzfrist, welche der Staat aus Rücksicht auf die Popularität nur mit dreißig Jahren bemessen hat, nicht das geringste für ihre Ruhe zu befürchten haben.

Wenn ich vortrage, so ist es nicht gespielte Literatur. Aber was ich schreibe, ist geschriebene Schauspielkunst.

Zu den schlechten Beispielen, die gute Sitten verderben, gehören die guten Beispiele. Glaubt man, daß ein Feigling hundert Mutige verführen könnte? Aber noch ehe einer dazu kommt, seinen Mut zu beweisen, haben sich an ihm schon hundert als Feiglinge bewährt.

Was man mir als Einwand bringt, ist oft meine Prämisse. Zum Beispiel, daß meine Polemik an die Existenz greift.

Der Satire Vorstellungen machen, heißt die Verdienste des Holzes gegen die Rücksichtslosigkeit des Feuers ins Treffen führen.

Ungerechtigkeit muß sein; sonst kommt man zu keinem Ende.

Zu meinen Glossen ist ein Kommentar notwendig. Sonst sind sie zu leicht verständlich.

Der Satiriker kann nie etwas Höheres einem Witz opfern; denn sein Witz ist immer höher als das was er opfert. Auf die Meinung reduziert, kann sein Witz Unrecht tun; der Gedanke hat immer Recht. Er stellt schon die Dinge und Menschen so ein, daß keinem ein Unrecht geschieht.

Es gibt keinen so Positiven wie den Künstler, dessen Stoff das Übel ist. Er erlöst von dem Übel. Jeder andere lenkt davon nur ab und läßt es in der Welt, welche dann das schutzlose Gefühl umso härter angreift.

Es ist halt ein Unglück, daß mir zu jedem Lumpen etwas einfällt. Aber ich glaube, daß es sich immer auf einen abwesenden König bezieht.

Wer wird denn einen Irrtum verstoßen, den man zur Welt gebracht hat, und ihn durch eine adoptierte Wahrheit ersetzen?

Bei einem Ohr herein, beim andern hinaus: da wäre der Kopf noch immer eine Durchgangsstation. Was ich höre, hat bei demselben Ohr hinauszugehen.

Je näher man ein Wort ansieht, desto ferner sieht es zurück.

Frage deinen Nächsten nur über Dinge, die du selbst besser weißt. Dann könnte sein Rat wertvoll sein.

Der Schwache zweifelt vor der Entscheidung. Der Starke hernach.

Der Gedanke forderte die Sprache heraus. Ein Wort gab das andere.

Der Gedanke ist das, was einer Banalität zum Gedanken fehlt.

Meine Sprache ist die Allerweltshure, die ich zur Jungfrau mache.

Nachts am Schreibtisch, in einem vorgerückten Stadium geistigen Genusses, würde ich die Anwesenheit einer Frau störender empfinden als die Intervention eines Germanisten im Schlafzimmer.

Ich mische mich nicht gern in meine Privatangelegenheiten.

Ich spreche von mir und meine die Sache. Sie sprechen von der Sache und meinen sich.

Wenn ich die Feder in die Hand nehme, kann mir nichts geschehen. Das sollte sich das Schicksal merken.

Ich lasse mich nicht hindern zu gestalten, was mich hindert zu gestalten.

In mir empört sich die Sprache selbst, Trägerin des empörendsten Lebensinhalts, wider diesen selbst. Sie höhnt von selbst, kreischt und schüttelt sich vor Ekel. Leben und Sprache liegen einander in den Haaren, bis sie in Fransen gehen, und das Ende ist ein unartikuliertes Ineinander, der wahre Stil dieser Zeit.

Und aus dem letzten Eckchen eines Zeitungsblattes, das noch unter meiner Lektüre liegt, lugt mir, da ich sie durchfliege, schon die Judasfratze des Jahrhunderts hervor, immer dieselbe, ob es sich um den Journalisten oder den Mediziner, den Hausierer oder den Sozialpolitiker, den Spezereikommis oder den Ästheten handelt. Immer derselbe Stupor, vom Geschmack gekräuselt und mit Bildung gefettet. Im Frisiermantel der Zeit sind alle Dummköpfe gleich, aber wenn sie sich dann erheben und von ihrem Fach zu reden beginnen, ist der eine ein Philosoph und der andere ein Börsenagent. Ich habe diese unselige Fähigkeit, sie nicht unterscheiden zu können, und ich agnosziere das Urgesicht, ohne daß ich mich um die Entlarvung bemühe.

Wer jetzt übertreibt, kann leicht in den Verdacht kommen, die Wahrheit zu sagen. Wer erfindet, informiert zu sein.

Viele werden einst Recht haben. Es wird aber Recht von dem Unrecht sein, das ich heute habe.

Ich arbeite Tage und Nächte. So bleibt mir viel freie Zeit. Um ein Bild im Zimmer zu fragen, wie ihm die Arbeit gefällt, um die Uhr zu fragen, ob sie müde ist, und die Nacht, wie sie geschlafen hat.

Ich und das Leben: Die Affäre wurde ritterlich ausgetragen. Die Gegner schieden unversöhnt.

Menschsein ist irrig.

*

Ich muß wieder unter Menschen gehen. Denn zwischen Bienen und Löwenzahn, in diesem Sommer, ist mein Menschenhaß arg ausgeartet.

Bei den meisten Menschen dringe ich bis zur Seele nicht vor, sondern zweifle schon an den Eingeweiden. Denn ich kann nicht glauben, daß dieser wundervolle Mechanismus erschaffen wurde, um einen Kommerzialrat zusammenzustellen, und erst durch Obduktion lasse ich mich davon überzeugen, daß ein Wucherer eine Milz hat.

Alles was recht ist, sagen sie, aber es fehlt mir an Liebe, sagen sie, an Liebe zur Menschheit. Das müssen wohl arge Pessimisten sein, die die vorhandene Kollektion schon für die denkbar beste halten! Oder arge Idioten, die Jenen einen Schmetterlingsfeind nennen, dem beim Gedanken an einen toten Admiral die Kohlweißlinge zu viel werden.

Oft ritze ich mit der Feder meine Hand und weiß erst dann, daß ich erlebt habe, was geschrieben steht.

Wort und Wesen – das ist die einzige Verbindung, die ich je im Leben angestrebt habe.

An vieles, was ich erst erlebe, kann ich mich schon erinnern.

Oft bin ich nah der Sprachwand und empfange nur noch ihr Echo. Oft stoße ich mit dem Kopf an die Sprachwand.

Um in einem kriegführenden Land eine Grenzübertrittsbewilligung zu erhalten, braucht man einen »triftigen Grund«. Ich wäre in Verlegenheit, keinen zu finden.

»Wie können Sie so mit den Engländern sympathisieren? Sie können ja nicht einmal englisch.« »Nein, aber deutsch!«

Persönlich geht mir nur die Entwürdigung der Menschheit nahe und ihre Bereitschaft sie zu ertragen. Persönlich würde ich mich nur gegen eine geistige Musterung sträuben. Und daß ich tauglich erklärt würde.

Die deutsche Sprache schützt nicht mehr gegen jene, die sie sprechen. Ich muß mir, will ich mich retten, schnell etwas auf lateinisch einfallen lassen. Das glückt; denn wie schön läßt sich's in einer Sprache, die man vergessen hat, denken. Es entspringt dort, wo Deutsch mir noch nicht jenes Umgangs Sprache war. Die Ungebildeten werden es nicht verstehen, die Gebildeten werden es für ein Sprichwort halten und mir weiter nicht übelnehmen. Und so empfiehlt man sich auf lateinisch.

Wozu das Aufsehen? Der Planet ist so geringfügig, daß ihn ein Haß umarmen kann!

Der Zustand, in dem wir leben, ist der wahre Weltuntergang: der stabile.

»Noch kein Ende abzusehen.« »Doch!«

Editorische Notiz

Sein aphoristisches Werk hat Karl Kraus in den Bänden *Sprüche und Widersprüche* (1909), *Pro domo et mundo* (1912) und *Nachts* (1919) beinahe vollständig gesammelt. Davon bietet das vorliegende Buch ein rundes Viertel. Die Anordnung des Ganzen lehnt sich an die Gliederung der Originale an; die Reihenfolge der Aphorismen entspricht (kapitelweise) ihrem Auftreten in den Sammelbänden; den Texten selber liegen die Fassungen letzter Hand (1924/1919/1924) zugrunde. In diesen Punkten folgt das Buch dem Muster einer Auswahl, die vor rund drei Jahrzehnten in der DDR erschienen ist (Karl Kraus: *Anderthalb Wahrheiten. Aphorismen.* Herausgegeben und mit einem Nachwort von Kurt Krolop. Berlin: Rütten & Loening 1969). Alles Nähere ist dem Aphorismen-Band der *Schriften* von Karl Kraus (1986) sowie dem Aphorismen-Register in Otto Kerrys *Karl-Kraus-Bibliographie* (1974) zu entnehmen.

Göttingen, 1. Mai 1995 Christian Wagenknecht